春江潮水連海平

別選唐詩三百首

人人出版

編輯說明

◎《春江潮水連海平：別選唐詩三百首》由羅宗濤教授自《全唐詩》中刪去《唐詩三百首》已收錄的作品，再就詩本身的情意、美學價值、在詩人作品中的地位、對當時社會情狀的呈現等因素交互考量擇定。

◎本書呈現依詩人出生年排序，生年不詳或不確定者，則由其他史料文集如：科舉中第的時間、交友往來等來推定。

◎全書擇選詩人共109位，詩311首。

◎為便於讀者檢索，〈詩人略傳〉依姓名筆劃重新排序。

◎另有附錄〈唐詩三百首目錄索引〉，依詩人年代排序呈現蘅塘退士《唐詩三百首》選錄之詩人及詩題，以供讀者參照。

風流儒雅憶吾師

周元白（人人出版發行人）

我認識羅宗濤老師已是五十年前的事了。一九七〇年的九月，我剛進入文化學院印刷工程系就讀，我們這一班的「大一國文」，就是由羅老師講授。文化學院的創辦人張其昀先生請羅老師編纂《中文大辭典》，也順便到文化學院兼課，可能是因為好不容易請他來陽明山一趟，就請他多教一門國文。我那幾屆的印刷系特別幸運，由羅老師上課。

但是，國文課的時段很不好，排在周六下午最後兩堂，地點在大義館四樓。那時候還沒有「周休二日」，周六要上全天課。一般來說，排在周六下午的課、尤其是最後兩堂，學生已經是意興闌珊，魂不守舍。但是羅宗濤老師的國文課卻是我們班出席率最高的課，甚至畢業多年之後，同學相聚，談起國文課，我們都覺得那是最懷念的一門課。

第一堂課，羅老師走進教室，令班上同學為之側目。一個三十出頭的年輕人，身穿藏青色長袍，稍作自我介紹之後，先跟我們「約法三章」：一，上課不點名，同學不想上也沒關係，聽到一半想走，就走，不必報備。二，考試的時候，同學可以翻書查資料。這等於間接告訴我們，不會有人不及格。第三件事就是羅老師喜歡抽菸，上課的時候會抽菸，同學如果想抽，也可以抽。這三件事宣布完，羅老師就開始上課。

羅老師上我們的國文課，也不照著課本。他每次上課就講兩首詩或詞，一堂講一首。他先把詩詞寫在黑板上，然後，那堂課就講這首詩詞，下了課就擦掉，第二堂課再寫一首，又是講一節課。羅老師的字，真是漂亮！可惜當時沒有用相機拍下來，不過羅老師的講課，很多過了半世紀我都還印象深刻。印刷系是工學院，所以羅老師講課著重趣味性，比較輕鬆，講了許多詩詞的典故、背後的故事。像是韓愈的〈左遷至藍關示侄孫湘〉：

一封朝奏九重天，夕貶潮州路八千。
欲為聖明除弊事，肯將衰朽惜殘年！
雲橫秦嶺家何在？雪擁藍關馬不前。
知汝遠來應有意，好收吾骨瘴江邊。

韓愈被貶到潮州去，路上觸景而心生感慨，「雲橫秦嶺家何在？雪擁藍關馬不前」，這個畫面太美了！後來我當兵到了宜蘭金六結，看到蘭陽平原的雲霧橫在山脈前，就想到老師講過的「雲橫秦嶺」。

羅老師講劉禹錫的兩首〈遊玄都觀〉，也是非常精采：

紫陌紅塵拂面來，無人不道看花回。
玄都觀里桃千樹，盡是劉郎去後栽。

劉禹錫這首詩暗諷滿朝文武，說他們「盡是劉郎去後栽」，是他被貶以後才來做官的，沒多久得罪當道而被貶官。十年後，劉禹錫回長安，再遊玄都觀，又寫了一首詩：

百畝庭中半是苔，桃花淨盡菜花開。
種桃道士歸何處？前度劉郎今又來。

劉禹錫大半輩子被貶官，每次讀他總要嘆氣。後來白居易寫了一首詩，有兩句是說「亦知合被才名折，二十三年折太多。」意思是，你的才名太高，得罪了人，但是貶官二十三年也貶太多了。劉禹錫馬上寫了一首應答，開始就是「巴山楚水淒涼地，二十三年棄置身」。至情至性，都是非常好的詩，我以前沒讀過，但羅老師講得極為生動有趣，所以這堂國文課雖然時段是最不好的，也不點名，但卻是我們班出席率最高的一門課，平常不愛詩詞的同學，也深受羅老師講課的生動與風采吸引。

羅老師其實沒大我們幾歲，但是他的風度翩翩，談笑風生，抽菸的姿勢也很美。他講柳永的〈雨霖鈴〉：「寒蟬淒切，對長亭晚，驟雨初歇」，講到「今宵酒醒何處？楊柳岸、曉風殘月」，我們也都聽得入迷了，這時候就想點根菸，邊聽邊抽。我們班上都是男生，放眼望去，台上台下各抽各的，抽成一片。因為要抽菸，所以窗戶洞開，讓空氣流通。從教室往外望去，可以遠眺觀音山，旁邊就是華崗的百花池。到了冬天，雲霧常飄進來，寒氣逼人，滿室迷濛，分不清是雲是煙。這種景象、這等風度格調，在今天都已是絕響，不可能復見了。

這些記憶伴隨著詩詞，格外深刻。讀到詩，就想起當年往事，而回憶也讓詩咀嚼起來更有滋味。

畢業之後，偶然有機會碰到羅老師，但沒有深談。這些年，我迷上中國大陸製作的詩詞節目，連續看了好些年，慢慢有了一個念頭：我想請羅老師來編選一本能代表歷代詩詞精華的詩詞，但又不敢貿然登門拜訪。後來又看了兩三年電視詩詞節目，心一橫：想做就做吧，不要再耽誤了！於是就打了電話給羅老師，陳述了一下這個想法，希望能攜合約前往拜訪。羅老師聽了高興得不得了，直說「這個想法太好了，沒有合約我都做，沒有稿費版稅我也做！」

羅老師認為「歷代詩詞」的跨度太大，不妨先從唐詩著手。但即使是唐詩，其實範圍也很驚人。《全唐詩》收了近五萬首詩！要從裡頭選三百首出來，也不是尋常學者能做到的事。不過，羅老師治學綿密，《全唐詩》從頭到尾至少讀過五遍！羅老師不僅讀過，還做了很多筆記。就我親眼所見，翻開幾冊《全唐詩》，頁邊的空白處密密麻麻寫滿註記。羅老師還考問我，知不知道《宋詩》有多少首？我當然不知道。羅老師說大概有二十五萬到二十七萬首。這個數字讓我嚇一大跳，這才深覺選編一本「歷代詩詞精華」的想法有多麼欠缺考量、多麼大膽。同樣讓我驚訝的是，羅老師說他《全宋詩》看過兩遍，全台灣像他這樣的人，恐怕不多吧？

編輯詩選，編者雖然「述而不作」，但是從學養眼光到時代背景，種種微言大義都蘊含其中。現在坊間流行的《唐詩三百首》是清代的蘅塘退士所選。蘅塘退士生當乾隆盛世，不敢碰觸社會疾苦，所以像杜甫寫安史之亂的「三吏三別」就沒有選。

而且蘅塘退士的《唐詩三百首》有點像是給科舉考生的參考書，講究的是格律工整，若論文學價值，《全唐詩》中絕對還有更勝一籌者。

在那次拜訪中，我跟羅老師達成共識：這個選集不是編給學院派看的，而是一般大眾都能欣賞，所以典故多的不選，拗口、不好讀也不選，一切以「好念，好讀，好記」為原則。另外就是不跟蘅塘退士的《唐詩三百首》重複。羅老師在師母協助下，先把出現在《唐詩三百首》的詩做個記號，從《全唐詩》中予以排除，然後著手選詩。我原本以為從五萬首詩中選三百首，也要花不少時間。沒想到才過了一個月，羅老師就把詩選好了。羅老師不善電腦，他把和師母一起選出來的詩，親手抄了一份，交到我手上。

本來羅老師還要為每一首詩寫一段大意與簡析，但是只寫了三十幾篇，就不幸病逝，未竟的工作，由政大中文系陳逢源教授續完。陳教授雖然專治《左傳》，但身為羅老師女婿，對於羅老師選詩、解詩的角度與見解，也有所掌握。所以羅老師編的《春江潮水連海平：別選唐詩三百首》能出版，師母、羅老師公子英奕與陳逢源教授是最大的推力。只是後續宋詩的選編，就只能是遺憾了。

【目錄】

春江潮水連海平

別選唐詩三百首

春江潮水連海平

別選唐詩三百首

蟬

虞世南

垂緌飲清露，流響出疏桐。
居高聲自遠，非是藉秋風。

緌—冠纓上的垂飾，蟬喙似之。

藉—依託。

野望

王績

東皋薄暮望，徙倚欲何依？
樹樹皆秋色，山山唯落暉。
牧人驅犢返，獵馬帶禽歸。
相顧無相識，長歌懷采薇。

皋—高地。

徙倚—徘徊留連。

采薇—周武王伐殷，伯夷、叔齊不食周粟，采薇首陽山。

詩第五十一首

吾心似秋月，碧潭清皎潔。
無物堪比倫，教我如何說。

寒山

詩第一九九首

寒山

寒山頂上月輪孤，照見晴空一物無。
可貴天然無價寶，埋在五陰溺身軀。

五陰——即五蘊，指色、受、想、行、識，一切眾生都由此積聚而成。

入朝洛堤步月

上官儀

脈脈廣川流，驅馬歷長洲。
鵲飛山月曙，蟬噪野風秋。

洛堤—洛陽皇城外百官候朝處，因臨洛水得名。

脈脈—連續不絕。

曙—天剛亮，破曉時分。

詠鵝

鵝！鵝！鵝！曲項向天歌。
白毛浮綠水，紅掌撥清波。

駱賓王

曲項──彎曲脖子後部，即昂著頭。

於易水送人

駱賓王

此地別燕丹，壯士髮衝冠。
昔時人已沒，今日水猶寒。

燕丹—戰國末期，燕國太子，為人質於秦，秦王待他不好，燕太子丹輾轉認識荊軻，請荊軻入秦刺秦王。

壯士髮衝冠—《史記．卷八十六》載送別之情境云：「太子及賓客知其事者皆白衣冠送之。至易水之上，既祖取道，高漸離擊筑，荊軻和而歌，為變徵之聲士皆垂淚涕泣。又前而歌曰：風蕭蕭兮易水寒，壯士一去兮不復還！復為羽聲忼慨，士皆瞋目，髮盡上指冠。於是荊軻就車而去。終已不顧。」

詠風

王勃

肅肅涼風生，加我林壑清。
驅煙尋澗戶，卷霧出山楹。
去來固無跡，動息如有情。
日落山水靜，為君起松聲。

肅肅——擬聲詞，形容風聲。
山楹——指山中的石室。

別薛華

王勃

送送多窮路，遑遑獨問津。
悲涼千里道，淒斷百年身。
心事同漂泊，生涯共苦辛。
無論去與住，俱是夢中人。

薛華—即薛曜，薛王二家世交。薛曜以書畫聞名。
窮路—謂世路艱難。
遑遑—急促不安。
津—渡口。

滕王閣

王勃

滕王高閣臨江渚，佩玉鳴鸞罷歌舞。
畫棟朝飛南浦雲，朱簾暮捲西山雨。
閒雲潭影日悠悠，物換星移幾度秋。
閣中帝子今何在？檻外長江空自流。

滕王閣—唐高祖子（李）元嬰，詔封滕王，遂以名閣。

鸞—車鈴。

南浦—地名，在今江西南昌西南。

西山—山名，在今江西新建西南，一名南昌山。

檻—欄杆。

古劍篇

郭震

君不見昆吾鐵冶飛炎煙，
紅光紫氣俱赫然。
良工鍛鍊凡幾年，鑄得寶劍名龍泉。
龍泉顏色如霜雪，良工咨嗟嘆奇絕。
琉璃玉匣吐蓮花，錯鏤金環映明月。
正逢天下無風塵，幸得周防君子身。
精光黯黯青蛇色，文章片片綠龜鱗。
非直結交遊俠子，亦曾親近英雄人。

昆吾——山名，產金屬、美玉。
赫然——顯耀盛大。
龍泉——古寶劍名，見《越絕書》。
咨嗟——歎息。
錯——鍍金。
鏤——雕刻。
直——只是。

何言中路遭棄捐，零落飄淪古獄邊。
雖復沉埋無所用，猶能夜夜氣衝天。

渡漢江

宋之問

嶺外音書斷，經冬復歷春。
近鄉情更怯，不敢問來人。

詠柳

賀知章

碧玉妝成一樹高，萬條垂下綠絲絛。
不知細葉誰裁出？二月春風似剪刀。

絛——絲編的繩子。

春江花月夜

張若虛

春江潮水連海平，海上明月共潮生。
灩灩隨波千萬里，何處春江無月明？
江流宛轉遶芳甸，月照花林皆似霰。
空裡流霜不覺飛，汀上白沙看不見。
江天一色無纖塵，皎皎空中孤月輪。
江畔何人初見月？江月何年初照人？
人生代代無窮已，江月年年祇相似。
不知江月待何人？但見長江送流水。

灩灩—波光蕩漾。
甸—古代都城郊外的地方。
霰—雨點遇冷空氣凝成的雪珠。
皎皎—潔白的樣子。

白雲一片去悠悠，青楓浦上不勝愁。
誰家今夜扁舟子，何處相思明月樓？
可憐樓上月徘徊，應照離人妝鏡臺。
玉戶簾中捲不去，擣衣砧上拂還來。
此時相望不相聞，願逐月華流照君。
鴻雁長飛光不度，魚龍潛躍水成文。
昨夜閒潭夢落花，可憐春半不還家。
江水流春去欲盡，江潭落月復西斜。
斜月沉沉藏海霧，碣石瀟湘無限路。
不知乘月幾人歸？落月搖情滿江樹。

砧——洗衣時用來輕搥衣服的石塊。

碣石——古山名。其所在，古今說法不一。詩泛指東北方。

瀟湘——瀟水和湘水會合的地方，在今湖南，詩泛指西南方。

汾上驚秋

北風吹白雲，萬里渡河汾。
心緒逢搖落，秋聲不可聞。

蘇頲

汾—汾水，又稱汾河，在山西省，全長七一六公里，流向初與黃河並行向南，於龍門下游十餘公里注入黃河。

搖落—凋殘衰敗。

送兄

別路雲初起，離亭葉正稀。
所嗟人異雁，不作一行飛。

七歲女子

山行留客

張旭

山光物態弄春暉，莫為輕陰便擬歸。
縱使晴明無雨色，入雲深處亦沾衣。

秋夕望月

清迥江城月，流光萬里同。
所思如夢裡，相望在庭中。
皎潔青苔露，蕭條黃葉風。
含情不得語，頻使桂華空。

張九齡

迥—遼遠的樣子。
流光—月光。
桂華—桂花。

賦得自君之出矣

張九齡

自君之出矣，不復理殘機。
思君如滿月，夜夜減清輝。

出—離家。

機—織布機。

送別

王之渙

楊柳東風樹，青青夾御河。
近來攀折苦，應為別離多。

攀折——古人有折柳送別之習，意同「留」。

送朱大入秦

孟浩然

遊人五陵去，寶劍直千金。
分手脫相贈，平生一片心。

五陵—長陵、安陵、陽陵、茂陵、平陵五個漢代帝王的陵寢。皆位於長安，為當時豪俠巨富聚集的地方。

直—值。

送杜十四之江南

孟浩然

荊吳相接水為鄉，君去春江正淼茫。
日暮征帆何處泊？天涯一望斷人腸。

杜十四—即杜晃。

荊吳—古二國名，指楚和吳，也以吳楚之地來泛指長江以南的地方。

淼茫—遼闊無涯。

渡浙江問舟中人

孟浩然

潮落江平未有風，扁舟共濟與君同。
時時引領望天末，何處青山是越中？

浙江—為浙江省主要河川，以水道曲折而得名。至杭縣會浦陽江，稱為錢塘江。

濟—渡河。

越中—今浙江紹興。

題大禹寺義公禪房

孟浩然

義公習禪處，結構依空林。
戶外一峰秀，階前群壑深。
夕陽連雨足，空翠落庭陰。
看取蓮花淨，應知不染心。

大禹寺—在今浙江紹興市東南四里的會稽山，晉驃騎郭偉建。

雨足—雨腳，成線綿密落下的雨點。

從軍行 ◎七首錄三

王昌齡

第一

烽火城西百尺樓，黃昏獨坐海風秋。
更吹羌笛關山月，無那金閨萬里愁。

第二

琵琶起舞換新聲，總是關山舊別情。
撩亂邊愁聽不盡，高高秋月照長城。

關山月——樂府橫吹曲名，多描寫邊塞蕭條，征人思歸等感情。

無那——無奈。

撩亂——紛擾雜亂。

第五

大漠風塵日色昏，紅旗半卷出轅門。

前軍夜戰洮河北，已報生擒吐谷渾。

轅門—古代駐軍，用車子作為屏障，在出入口掀起兩車，車轅相向作為營門，稱為轅門。

洮河—河名。發源於甘肅、青海邊境的西傾山南麓。在洮口注入黃河，全長約五百公里。

吐谷渾—中國邊疆遊牧之一，唐太宗時為李靖所敗，降唐。

送魏二

王昌齡

醉別江樓橘柚香，江風引雨入舟涼。
憶君遙在瀟湘月，愁聽清猿夢裡長。

採蓮曲

◎二首其二

王昌齡

荷葉羅裙一色裁，芙蓉向臉兩邊開。
亂入池中看不見，聞歌始覺有人來。

袍中詩

沙場征戍客，寒苦若為眠？
戰袍經手作，知落阿誰邊？
蓄意多添線，含情更著棉。
今生看已過，結取後生緣。

開元宮人

征戍客—出征或戍守的軍士。

欒家瀨

王維

颯颯秋雨中，淺淺石溜瀉。
跳波自相濺，白鷺驚復下。

瀨—沙或石上淺而急的流水。

淺淺—水流急的樣子。

鳥鳴澗

王維

人閒桂花落，夜靜春山空。
月出驚山鳥，時鳴春澗中。

萍池

王維

春池深且廣，會待輕舟回。
靡靡綠萍合，垂楊埽復開。

會──適逢。

靡靡──遲緩的樣子。

辛夷塢

王維

木末芙蓉花，山中發紅萼。
澗戶寂無人，紛紛開且落。

塢—四周高中間低的地方。

木蘭柴

秋山斂餘照，飛鳥逐前侶。

彩翠時分明，夕嵐無處所。

王維

斂—聚集。

書事

王維

輕陰閣小雨，深院晝慵開。
坐看蒼苔色，欲上人衣來。

息夫人

◎時年二十

王維

《本事詩》云：「寧王宅左，有賣餅者妻，纖白明媚。王一見屬意，厚遺其夫，取之。寵惜逾等，歲餘，因問曰：『汝復憶餅師否？』使見之，其妻注視，雙淚垂頰，若不勝情。王座客十餘人，皆當時文士，無不悽異。王命賦詩，維詩先成，座客無敢繼者。王乃歸餅師，以終其志。」

莫以今時寵，難忘舊日恩。

看花滿眼淚，不共楚王言。

息夫人—春秋陳國人，嫁息侯，楚文王滅息後強納為妻，雖育有二子卻未對王開口。

寧王—李憲（六七九—七四一），唐玄宗大哥，卒謚讓皇帝。

使至塞上

王維

單車欲問邊，屬國過居延。
征蓬出漢塞，歸雁入胡天。
大漠孤煙直，長河落日圓。
蕭關逢候吏，都護在燕然。

使—出使。

單車—輕車簡從。

問邊—慰勞邊塞將士。

居延—城名、湖名，在甘肅酒泉郡。

蕭關—關名，在甘肅省固原縣東南，為關中四關之一。

都護—邊疆地區的最高長官。

燕然—山名，即今外蒙古杭愛山。

少年行

◎四首錄二

王維

第三

出身仕漢羽林郎，初隨驃騎戰漁陽。
孰知不向邊庭苦，縱死猶聞俠骨香。

第四

一身能擘兩雕弧，虜騎千重只似無。
偏坐金鞍調白羽，紛紛射殺五單于。

羽林郎—漢代掌宿衛侍從的禁軍。

驃騎—將軍名號，漢武帝始以名將霍去病為驃騎將軍。

漁陽—今天津薊縣。

擘—張開。

白羽—箭。

單于—匈奴稱其酋長為單于。

送沈子歸江東

王維

楊柳渡頭行客稀，罟師蕩槳向臨圻。

惟有相思似春色，江南江北送君歸。

罟師——指船夫。

臨圻——臨近曲岸之處，指友人所去之地。

崔興宗寫真詠

王維

畫君年少時，如今君已老。
今時新識人，知君舊時好。

崔興宗──王維的表弟，長期過隱逸的生活，只有在天寶十一載（七五二）至十三載曾官右補闕。今存詩五首。

菩提寺禁裴迪來相看說逆賊等擬在凝碧池上作音樂供奉人等舉聲一時淚下私成口號誦示裴迪

王維

萬戶傷心生野煙，百官何日再朝天？

秋槐葉落空宮裡，凝碧池頭奏管絃。

裴迪來相看—唐天寶十五年（西元七五六年）安祿山攻陷長安，王維被拘禁於菩提寺，裴迪來看視。

古風 ◎五十九首錄三

李白

第九

莊周夢蝴蝶，蝴蝶為莊周。
一體更變易，萬事良悠悠。
乃知蓬萊水，復作清淺流。
青門種瓜人，舊日東陵侯。
富貴故如此，營營何所求？

莊周夢蝴蝶—《莊子．齊物論》：「昔者莊舟夢為胡蝶，栩栩然胡蝶也，自喻適志歟，不知周也，俄然覺，則遽遽然周也。不知周之夢為胡蝶歟？胡蝶之夢為周歟？」

東陵侯—召平為秦朝東陵侯，秦滅後，在長安城東種瓜，又稱青門瓜。

營營—為生計而奔波。

第十五

燕昭延郭隗，遂築黃金臺。
劇辛方趙至，鄒衍復齊來。
奈何青雲士，棄我如塵埃？
珠玉買歌笑，糟糠養賢才。
方知黃鶴舉，千里獨裴回。

首四句—戰國燕昭王求治，廣納賢才，先拜老臣郭隗為師，為之修高臺、置黃金，隨後著名遊士劇辛、鄒衍等紛紛從各國來見。

黃金臺—燕昭王請郭隗為師，為之築臺，後用來比喻招攬賢才。

青雲士—指在高位之人。

黃鶴舉—春秋時田饒在魯國未受重用，離去時對魯哀公說：「臣將去君，黃鶴舉矣。」

最後兩句—喻賢才遠走高飛，獨自徘徊。

第三十八

孤蘭生幽園，眾草共蕪沒。
雖照陽春暉，復悲高秋月。
飛霜早淅瀝，綠豔恐休歇。
若無清風吹，香氣為誰發？

蕪—雜草。作者自比為幽蘭遭埋沒。

清風—喻知己。

採蓮曲

李白

若耶溪傍採蓮女，笑隔荷花共人語。
日照新妝水底明，風飄香袂空中舉。
岸上誰家遊冶郎，三三五五映垂楊。
紫騮嘶入落花去，見此踟躕空斷腸。

若耶溪—在今浙江紹興市南。

遊冶郎—出遊尋樂的青年男子。

紫騮—駿馬。
踟躕—徘徊。

塞下曲 ◎六首其一

李白

五月天山雪，無花只有寒。
笛中聞折柳，春色未曾看。
曉戰隨金鼓，宵眠抱玉鞍。
願將腰下劍，直為斬樓蘭。

折柳——樂曲名，曲調哀傷悲涼。

樓蘭——西漢西域國名，位於新疆省羅布泊西。

結襪子

李白

燕南壯士吳門豪，筑中置鉛魚隱刀。
感君恩重許君命，太山一擲輕鴻毛。

結襪子——樂府舊題。

首二句——指燕國高漸離在筑中置鉛刺殺秦始皇，吳國俠士專諸將匕首藏於魚腹刺殺王僚。

宮中行樂詞 ◎八首其一

李白

小小生金屋，盈盈在紫微。
山花插寶髻，石竹繡羅衣。
每出深宮裡，常隨步輦歸。
只愁歌舞散，化作彩雲飛。

金屋—《漢武故事》：若得阿嬌作婦，當作金屋貯之。

盈盈—美麗端正。

紫微—指天子之宮。

石竹—葉似竹而稍窄，初夏開花。六朝隋唐時多用作衣飾圖案。

步輦—皇帝在宮中乘坐的由人推拉換行的車子。

勞勞亭歌

李白

金陵勞勞送客堂，蔓草離離生道傍。
古情不盡東流水，此地悲風愁白楊。
我乘素舸同康樂，朗詠清川飛夜霜。
昔聞牛渚吟五章，今來何謝袁家郎。
苦竹寒聲動秋月，獨宿空簾歸夢長。

勞勞亭——三國時吳國所建，長期為送別場所。在今南京市漢西門勞勞山上。

舸——大船。

康樂——指謝玄（三四三—三八八）之孫謝靈運（三八五—四三三）襲封康樂公。

昔聞二句——東晉袁宏（三二八—三七六）有逸才，少孤貧，以運租為生。時鎮西將軍謝尚鎮守牛渚，夜泛江上，聞袁宏在運租船上吟用其〈詠史詩〉，大加贊賞，即邀過舟談論，直到天亮，從此袁宏聲譽日隆。

秋浦歌 ◎十七首錄二

李白

第十四

爐火照天地，紅星亂紫煙。
赧郎明月夜，歌曲動寒川。

第十五

白髮三千丈，緣愁似個長。
不知明鏡裡，何處得秋霜？

赧郎—熱得臉發紅的工人。

緣—因。
個—這樣。

聞王昌齡左遷龍標遙有此寄

李白

楊花落盡子規啼，聞道龍標過五溪。
我寄愁心與明月，隨風直到夜郎西。

左遷—貶官。

龍標—今湖南省黔陽縣。

五溪—在今湖南省西部，五條溪的總稱。

夜郎—指位於今湖南沅陵的夜郎縣。龍標在其西側。

把酒問月

李白

青天有月來幾時？我今停杯一問之。
人攀明月不可得，月影卻與人相隨。
皎如飛鏡臨丹闕，綠煙來盡清輝發。
但見宵從海上來，寧知曉向雲間沒。
白兔擣藥秋復春，嫦娥孤棲與誰鄰？
今人不見古時月，今月曾經照古人。
古人今人若流水，共看明月皆如此。
唯願當歌對酒時，月光常照金樽裡。

丹闕—紅色的宮門。

綠煙—指暮靄。

白兔擣藥—傳說月中有白兔長年擣不死之藥。

嫦娥—神化中的月中女神。相傳是后羿的妻子，羿求不死之藥於西王母，嫦娥竊以奔月。

望天門山

李白

天門中斷楚江開，碧水東流至此回。
兩岸青山相對出，孤帆一片日邊來。

天門—山名，在今當塗縣西南。二山夾江，對峙如門，東曰博望山，西名梁山。

楚江—當塗一帶古屬楚地，故稱流經這裡的長江為「楚江」。

送陸判官往琵琶峽

李白

水國秋風夜，殊非遠別時。
長安如夢裡，何日是歸期？

琵琶峽——在今西川巫山，形如琵琶，故名。

山中問答

李白

問余何意栖碧山，笑而不答心自閒。
桃花流水窅然去，別有天地非人間。

栖——通棲，停留。
碧山——為於今湖北安陸市。
桃花流水——用陶淵明〈桃花源記〉典故。
窅然——幽遠貌。

獨坐敬亭山

李白

眾鳥高飛盡，孤雲獨去閒。
相看兩不厭，只有敬亭山。

敬亭山——在今安徽宣城縣北。

兩——指李白和敬亭山。

自遣

李白

對酒不覺瞑，落花盈我衣。
醉起步溪月，鳥還人亦稀。

瞑——閉眼，此作酒醉。
盈——滿，久坐故落花拂衣。

從軍行

李白

百戰沙場碎鐵衣，城南已合數重圍。
突營射殺呼延將，獨領殘兵千騎歸。

呼延—匈奴貴族三姓之一。

春夜洛城聞笛

李白

誰家玉笛暗飛聲，散入春風滿洛城。
此夜曲中聞折柳，何人不起故園情？

折柳——就是〈折楊柳〉，漢橫吹曲名，內容多敘離情。

宣城見杜鵑花

李白

蜀國曾聞子規鳥，宣城還見杜鵑花。
一叫一回腸一斷，三春三月憶三巴。

三春—春季正月為孟春，二月為仲春，三月是季春，三春三月即暮春三月。

三巴—秦置巴郡，西漢置巴東郡，東漢劉璋置巴西郡，合稱三巴。

陌上贈美人

李白

駿馬驕行踏落花，垂鞭直拂五雲車。
美人一笑褰珠箔，遙指紅樓是妾家。

拂—掠過。
五雲車—仙人所乘的車子。
褰—揭起。

塞上

高適

東出盧龍塞，浩然客思孤。
亭堠列萬里，漢兵猶備胡。
邊塵漲北溟，虜騎正南驅。
轉鬬豈長策，和親非遠圖。
惟昔李將軍，按節出皇都。
總戎掃大漠，一戰擒單于。
常懷感激心，願效縱橫謨。
倚劍欲誰語？關河空鬱紆。

盧龍塞——古代東北邊防要塞。
亭堠——駐軍瞭望敵人的堡壘。
鬬——相互爭鬥。
李將軍——李廣。
按節——從容按轡徐行。
總戎——統帥軍隊。
效——致、獻。
謨——謀略、計畫。
鬱紆——幽深曲折。

薊門行 ◎五首其三

高適

邊城十一月，雨雪亂霏霏。
元戎號令嚴，人馬亦輕肥。
羌胡無盡日，征戰幾時歸？

薊門——即古薊丘，在今北京西南。

霏霏——雨雪煙雲盛密的樣子。

元戎——主將、元帥。

營州歌

高適

營州少年厭原野，狐裘蒙茸獵城下。
虜酒千鍾不醉人，胡兒十歲能騎馬。

營州—唐代屬河北道，在今遼寧朝陽。為漢族與奚、契丹族雜居地區，居民富有豪邁尚武精神。
厭—滿足，引申以為喜好之意。
蒙茸—皮毛紛亂的樣子。

入昌松東界山行

高適

鳥道幾登頓，馬蹄無暫閒。
崎嶇出長坂，合沓猶前山。
石激水流處，天寒松色間。
王程應未盡，且莫顧刀環。

昌松—唐隴右道武威郡屬縣，故治在今甘肅古浪縣西。

鳥道—只有鳥才能飛越過的山路，形容道路險峻。

登頓—上下翻越。

合沓—連綿不斷的樣子。

王程—奉命出差的行程。

刀環—西漢任立政出使匈奴，曾以「刀環」暗示要李陵歸漢。「環」與「還」諧音。

除夜作

高適

旅館寒燈獨不眠，客心何事轉悽然。

故鄉今夜思千里，愁鬢明朝又一年。

除夜—除夕之夜。

愁—一作霜。

人日寄杜二拾遺

高適

人日題詩寄草堂，遙憐故人思故鄉。
柳條弄色不忍見，梅花滿枝空斷腸。
身在南蕃無所預，心懷百憂復千慮。
今年人日空相憶，明年人日知何處？
一臥東山三十春，豈知書劍老風塵。
龍鍾還忝二千石，愧爾東西南北人。

人日—農曆正月初七。

草堂—杜甫在成都西郭浣花溪畔的寓所。

書劍—書指文章，劍指武藝。

風塵—指人世仕途。

龍鍾—身體衰老，行動不便。

忝—愧居。

二千石—指州刺使。

東西南北人—指四方奔走、生活不定的杜甫。

長干曲 ◎四首其三

崔顥

下渚多風浪，蓮舟漸覺稀。
那能不相待？獨自逆潮歸。

下渚—下渚湖，位於今浙江省德清縣。

喫茗粥作

儲光羲

當晝暑氣盛，鳥雀靜不飛。
念君高梧陰，復解山中衣。
數片遠雲度，曾不避炎暉。
淹留膳茗粥，共我飯蕨薇。
敝廬既不遠，日暮徐徐歸。

茗粥—唐喫茶的方法，或為濃茶湯，或以葉入湯而飲。

高梧陰—高大梧桐的樹陰，亦贊友人「鳳棲於梧」之意。

淹留—停留、滯留。

蕨薇—蕨菜和薇菜。

敝廬—破舊的房社，「我家」的謙詞。

田家雜興 ◎八首其八

儲光羲

種桑百餘樹，種黍三十畝。
衣食既有餘，時時會親友。
夏來菰米飯，秋至菊花酒。
孺人喜逢迎，稚子解趨走。
日暮閒園裡，團團蔭榆柳。
酩酊乘夜歸，涼風吹戶牖。
清淺望河漢，低昂看北斗。
數甕猶未開，明朝能飲否？

菰米—菰菜的果實。

牖—窗戶。

河漢—銀河。

江南曲

儲光羲

日暮長江裡，相邀歸渡頭。
落花如有意，來去逐船流。

關山月

一雁過連營，繁霜覆古城。
胡笳在何處？半夜起邊聲。

儲光羲

關山月——漢代樂府橫吹曲名。多寫邊塞蕭條，士兵久征，大漠荒寂，戍卒思歸等意境。

邊聲——邊地特有的聲音。

三日尋李九莊

常建

雨歇楊林東渡頭，永和三日蕩輕舟。
故人家在桃花岸，直到門前溪水流。

永和——是東晉穆帝年號，永和九年（三五三）王羲之和名士四十人會於會稽蘭亭，王羲之寫了《蘭亭集序》。

三日——指農曆三月三日。

逢雪宿芙蓉山主人

劉長卿

日暮蒼山遠，天寒白屋貧。
柴門聞犬吠，風雪夜歸人。

芙蓉山—在常州義興（今江蘇宜興）陽羨山之東。大曆中，劉長卿在陽羨山，嘗有別墅。

白屋—以白茅覆屋，貧人所居。

餘干旅社

劉長卿

搖落暮天迥，青楓霜葉稀。
孤城向水閉，獨鳥背人飛。
渡口月初上，鄰家漁未歸。
鄉心正欲絕，何處搗寒衣。

餘干——唐時為饒州屬縣，在今江西餘干。

迥——遙遠。

平(ㄆㄧㄥˊ)蕃(ㄈㄢ)曲(ㄑㄩˇ)

絕(ㄐㄩㄝˊ)漠(ㄇㄛˋ)大(ㄉㄚˋ)軍(ㄐㄩㄣ)還(ㄏㄨㄢˊ)，平(ㄆㄧㄥˊ)沙(ㄕㄚ)獨(ㄉㄨˊ)戍(ㄕㄨˋ)閒(ㄒㄧㄢˊ)。
空(ㄎㄨㄥ)留(ㄌㄧㄡˊ)一(ㄧ)片(ㄆㄧㄢˋ)石(ㄕˊ)，萬(ㄨㄢˋ)古(ㄍㄨˇ)在(ㄗㄞˋ)燕(ㄧㄢ)山(ㄕㄢ)。

劉(ㄌㄧㄡˊ)長(ㄔㄤˊ)卿(ㄑㄧㄥ)

絕漠——穿過沙漠。

尋張逸人山居

劉長卿

危石纔通鳥道，空山更有人家。
桃源定在深處，澗水浮來落花。

危石—高而險的岩石。
鳥道—飛鳥才能通過的路，形容山路險峻。

重送裴郎中貶吉州

劉長卿

猿啼客散暮江頭，人自傷心水自流。
同作逐臣君更遠，青山萬里一孤舟。

重送—詩人已寫過一首同題的送別詩，此番再貶，故題重送。

郎中—尚書省六部諸司均設郎中。

吉州—今江西吉安。

逐臣—被貶而離京的官。

晚春歸山居題窗前竹

劉長卿

溪上殘春黃鳥稀，辛夷花盡杏花飛。
始憐幽竹山窗下，不改清陰待我歸。

省試湘靈鼓瑟

錢起

善鼓雲和瑟，常聞帝子靈。
馮夷空自舞，楚客不堪聽。
苦調悽金石，清音入杳冥。
蒼梧來怨慕，白芷動芳馨。
流水傳瀟浦，悲風過洞庭。
曲終人不見，江上數峰青。

省試——唐宋時的科舉制度。各州縣貢士到京師，由尚書省的禮部主試，通稱省試。

湘靈鼓瑟——是此次省試的試題。湘靈，就是帝子靈，指帝堯的女兒娥皇、女英。

鼓——彈奏。

雲和瑟——雲和地方出產的瑟。

馮夷——水神名。

楚客——客遊楚地的人。

悽金石——比鐘磬之類的聲音更為淒苦。

蒼梧——相傳舜征有苗，崩於蒼梧之野，葬於九疑山（在今湖南寧遠縣南）。

江行無題

◎百首其六十一

錢起

堤壞漏江水，地坳成野塘。
晚荷人不折，留取作秋香。

坳—低窪。

故王維右丞堂前芍藥花開悽然感懷

錢起

芍藥花開出舊欄，春衫掩淚再來看。

主人不在花長在，更勝青松守歲寒。

守歲寒——《論語·子罕》歲寒然後知松柏之後凋也。

歸雁

錢起

瀟湘何事等閒回，水碧沙明兩岸苔。
二十五絃彈夜月，不勝清怨卻飛來。

瀟湘——湘江西岸有衡山回雁峰。

二十五絃——指瑟。

奉贈韋左丞丈二十二韻

杜甫

紈袴不餓死，儒冠多誤身。
丈人試靜聽，賤子請具陳。
甫昔少年日，早充觀國賓。
讀書破萬卷，下筆如有神。
賦料揚雄敵，詩看子建親。
李邕求識面，王翰願卜鄰。
自謂頗挺出，立登要路津。
致君堯舜上，再使風俗淳。

韋左丞—韋濟。左丞，主持尚書省日常工作，覽察百官，位高權重。

紈袴—細絹做的褲子，通常作為豪門子弟的代稱，含有貶意。

儒冠—指讀書人，杜甫自稱。

丈人—長輩尊稱，此指韋濟。

充—充當。

觀國賓—觀國之光的王賓，這裡指應舉之士。

料—估計。

揚雄—西漢辭賦家、哲學家。

看—比擬。

子建—曹植，曹魏時期文學家。

李邕—曾任北海太守，著名書法家。

王翰—詩人。

此意竟蕭條，行歌非隱淪。
騎驢十三載，旅食京華春。
朝扣富兒門，暮隨肥馬塵。
殘杯與冷炙，到處潛悲辛。
主上頃見徵，欻然欲求伸。
青冥卻垂翅，蹭蹬無縱鱗。
甚愧丈人厚，甚知丈人真。
每於百僚上，猥頌佳句新。
竊效貢公喜，難甘原憲貧。
焉能心怏怏，只是走踆踆。

欻然—忽然。
青冥—天空青蒼悠遠。
蹭蹬—險阻難行，困頓不順。
無縱鱗—魚不得縱身遠游，喻理想不能實現。
猥—卻。
貢公—西漢貢禹，元帝時與王吉同被徵為諫議大夫。
原憲—孔子弟子，雖褐衣疏食，不減其樂。
踆踆—跳躍行走的樣子。

今欲東入海，即將西去秦。
尚憐終南山，回首清渭濱。
常擬報一飯，況懷辭大臣。
白鷗沒浩蕩，萬里誰能馴？

憐—留戀。

一飯—使用韓信一飯千金的典故。

飲中八仙歌

杜甫

知章騎馬似乘船，眼花落井水底眠。
汝陽三斗始朝天，道逢麴車口流涎，
恨不移封向酒泉。左相日興費萬錢，
飲如長鯨吸百川，銜杯樂聖稱避賢。
宗之瀟灑美少年，舉觴白眼望青天，
皎如玉樹臨風前。蘇晉長齋繡佛前，
醉中往往愛逃禪。李白斗酒詩百篇，
長安市上酒家眠，天子呼來不上船，

飲中八仙—是賀知章、汝陽王李璡、李適之、崔宗之、蘇晉、李白、張旭、焦遂等八人。

朝天—上朝。

酒泉—釀酒聖地。

樂聖—嗜酒，《三國志．魏書．徐邈傳》平日醉客謂酒清者為聖人，濁者為賢人。

逃禪—此指貪杯而不遵守佛家戒律。

自稱臣是酒中仙。張旭三杯草聖傳，
脫帽露頂王公前，揮毫落紙如雲煙。
焦遂五斗方卓然，高談雄辯驚四筵。

羌村◎三首其一

杜甫

崢嶸赤雲西，日腳下平地。
柴門鳥雀噪，歸客千里至。
妻孥怪我在，驚定還拭淚。
世亂遭飄蕩，生還偶然遂。
鄰人滿牆頭，感嘆亦歔欷。
夜闌更秉燭，相對如夢寐。

羌村——在陝西鄜州城西北。

崢嶸——山高峻的樣子，此形容雲峰。

赤雲——晚霞。

日腳——即太陽。古人不知地球在轉，以為太陽在走，所以有「日腳」之稱。

噓欷——悲泣抽噎。

新安吏

杜甫

客行新安道，喧呼聞點兵。
借問新安吏，縣小更無丁？
府帖昨夜下，次選中男行。
中男絕短小，何以守王城？
肥男有母送，瘦男獨伶俜。
白水暮東流，青山猶哭聲。
莫自使眼枯，收汝淚縱橫。
眼枯即見骨，天地終無情。

新安—今河南新安縣。

吏—徵兵的差吏。

更—難道。

府帖—徵兵令。

中男—玄宗天寶三載（七四四）定十八歲為中男，二十二為丁。

伶俜—孤獨的樣子。

我軍取相州，日夕望其平。
豈意賊難料，歸軍星散營。
就糧近故壘，練卒依舊京。
掘壕不到水，牧馬役亦輕。
況乃王師順，撫養甚分明。
送行勿泣血，僕射如父兄。

相州——即鄴城，今河南安陽市。

新婚別

杜甫

兔絲附蓬麻，引蔓故不長。
嫁女與征夫，不如棄路旁。
結髮為妻子，席不暖君牀。
暮婚晨告別，無乃太匆忙。
君行雖不遠，守邊赴河陽。
妾身未分明，何以拜姑嫜。
父母養我時，日夜令我藏。
生女有所歸，雞狗亦得將。

兔絲——草名，即兔絲子。
蔓——細長能纏繞的莖。
河陽——今河南孟縣。
姑嫜——公婆。

君今往死地，沉痛迫中腸。
誓欲隨君去，形勢反蒼黃。
勿為新婚念，努力事戎行。
婦人在軍中，兵氣恐不揚。
自嗟貧家女，久致羅襦裳。
羅襦不復施，對君洗紅妝。
仰視百鳥飛，大小必雙翔。
人事多錯迕，與君永相望。

蒼黃—喻極大的變化。

戎行—軍隊。

羅襦—絲質短衣。

錯迕—錯雜違逆。

前出塞 ◎九首其六

杜甫

挽弓當挽強，用箭當用長。
射人先射馬，擒賊先擒王。
殺人亦有限，立國自有疆。
苟能制侵陵，豈在多殺傷？

疆—邊境。

侵陵—進犯。

後出塞 ◎五首其二

杜甫

朝進東門營，暮上河陽橋。
落日照大旗，馬鳴風蕭蕭。
平沙列萬幕，部伍各見招。
中天懸明月，令嚴夜寂寥。
悲笳數聲動，壯士慘不驕。
借問大將誰，恐是霍嫖姚。

霍嫖姚——西漢名將霍去病曾為嫖姚校尉。

贈李白

杜甫

秋來相顧尚飄蓬，未就丹砂愧葛洪。
痛飲狂歌空度日，飛揚跋扈為誰雄。

葛洪—晉人，自號抱朴子，擅長煉丹。

曲江◎二首其一

杜甫

一片花飛減卻春，風飄萬點正愁人。
且看欲盡花經眼，莫厭傷多酒入脣。
江上小堂巢翡翠，苑邊高冢臥麒麟。
細推物理須行樂，何用浮榮絆此身？

曲江—在長安東南郊，漢武帝所造，因水流曲折而得名。是唐開元以來的遊覽勝地。
且—暫且。
傷—傷感。
翡翠—翠綠的鳥。
細推—仔細推尋。
物理—事物變化的道理。

春夜喜雨

杜甫

好雨知時節，當春乃發生。
隨風潛入夜，潤物細無聲。
野徑雲俱黑，江船火獨明。
曉看紅溼處，花重錦官城。

錦官城——成都的通稱。

江亭

杜甫

坦腹江亭臥，長吟野望時。
水流心不競，雲在意俱遲。
寂寂春將晚，欣欣物自私。
故林歸未得，排悶強裁詩。

競—追逐。
遲—舒緩。
自私—自遂其性，各得其所。

江上值水如海勢聊短述

杜甫

為人性僻耽佳句，語不驚人死不休。

老去詩篇渾漫興，春來花鳥莫深愁。

新添水檻供垂釣，故著浮槎替入舟。

焉得思如陶謝手，令渠述作與同遊？

聊短述—聊作短詩。

耽—喜愛沉迷。

渾—簡直。

漫興—隨處都是奇思逸興。

槎—木筏。

故著浮槎替入舟—意謂舊置的木筏可以替代船隻。

陶謝—陶淵明與謝靈運。

贈花卿

杜甫

錦城絲管日紛紛，半入江風半入雲。
此曲只應天上有，人間能得幾回聞？

花卿——花敬定，是成都尹崔光遠部下猛將。上元二年（七六一）剿平梓州刺史段子璋的叛亂。

錦城——成都。

絕句 ◎四首其三

杜甫

兩箇黃鸝鳴翠柳，一行白鷺上青天。
窗含西嶺千秋雪，門泊東吳萬里船。

西嶺──在今西川松潘。

秋興 ◎八首其一

杜甫

玉露凋傷楓樹林，巫山巫峽氣蕭森。
江間波浪兼天湧，塞上風雲接地陰。
叢菊兩開他日淚，孤舟一繫故園心。
寒衣處處催刀尺，白帝城高急暮砧。

兩開——已歷兩秋。

砧——搗衣之石。

孤雁

孤雁不飲啄，飛鳴聲念群。
誰憐一片影，相失萬重雲。
望盡似猶見，哀多如更聞。
野鴉無意緒，鳴噪自紛紛。

杜甫

江漢

杜甫

江漢思歸客，乾坤一腐儒。
片雲天共遠，永夜月同孤。
落日心猶壯，秋風病欲蘇。
古來存老馬，不必取長途。

乾坤——泛指天地間。

蘇——康復。

春行寄興

李華

宜陽城下草萋萋，澗水東流復向西。
芳樹無人花自落，春山一路鳥空啼。

宜陽—縣名，在今河南西部，洛河中游，即唐代福昌縣城。唐代著名行宮連昌宮就座落在這裡。

萋萋—草茂盛的樣子。

先主武侯廟

岑參

先主與武侯，相逢雲雷際。
感通君臣分，義激魚水契。
遺廟空蕭然，英靈貫千歲。

先主—劉備。

武侯—諸葛亮。

雲雷際—喻社會動盪不安之時。

君臣分—君臣的職分。

司馬相如琴臺

岑參

相如琴臺古，人去臺亦空。
臺上寒蕭條，至今多悲風。
荒臺漢時月，色與舊時同。

胡笳歌送顏真卿使赴河隴

岑參

君不聞胡笳聲最悲，
紫髯綠眼胡人吹。
吹之一曲猶未了，愁殺樓蘭征戍兒。
涼秋八月蕭關道，北風吹斷天山草。
崑崙山南月欲斜，胡人向月吹胡笳。
胡笳怨兮將送君，秦山遙望隴山雲。
邊城夜夜多愁夢，向月胡笳誰喜聞。

胡笳—我國古代北方少數民族的管樂器，其音悲涼。

顏真卿—（七〇九—七八四）字清臣，封魯郡公，世稱顏魯公。

河隴—河西、隴右。

蕭關—古關名，在今寧夏固原縣東南。

秦山—指終南山。

隴山—在甘肅隴縣。

宿關西客舍寄東山嚴許二山人時天寶初七月初三日在內學見有高道舉徵

岑參

雲送關西雨，風傳渭北秋。
孤燈然客夢，寒杵搗鄉愁。
灘上思嚴子，山中憶許由。
蒼生今有望，飛詔下林丘。

關西—潼關之西。
東山—在今浙江上虞縣西南，晉謝安曾隱居於此。
然—燃。
嚴子—嚴光，字子陵，東漢初隱居於富春江。
許由—相傳堯欲讓天子位於許由，許由逃到箕山之下，潁水之陽隱居。
林丘—泛指山林，亦指隱居的地方。

送人赴安西

岑參

上馬帶吳鉤，翩翩度隴頭。
小來思報國，不是愛封侯。
萬里鄉為夢，三邊月作愁。
早須清黠虜，無事莫經秋。

安西—安西督護府，位於今新疆吐魯番東南。

隴頭—隴山，亦借指邊塞。

三邊—漢代的幽州、并州、涼州都在邊疆，故稱三邊，引申泛指邊疆。

黠虜—狡猾的敵人。

經秋—經年。

行軍九日思長安故園

岑參

強欲登高去，無人送酒來。
遙憐故園菊，應傍戰場開。

日沒賀延磧作

岑參

沙上見日出，沙上見日沒。
悔向萬里來，功名是何物？

賀延磧——即莫賀延沙磧，在伊州，今新疆哈密東南。

磧中作

岑參

走馬西來欲到天，辭家見月兩回圓。

今夜不知何處宿？平沙萬里絕人煙。

輪臺即事

岑參

輪臺風物異，地是古單于。
三月無青草，千家盡白榆。
蕃書文字別，胡俗語音殊。
愁見流沙北，天西海一隅。

輪臺——在今新疆庫車東南。

獻封大夫破播仙凱歌 ◎六首其一

岑參

漢將承恩西破戎，捷書先奏未央宮。

天子預開麟閣待，祇今誰數貳師功。

播仙—唐時西域國名，位於今新疆且末。

貳師—漢武帝時，李廣利敗大宛兵，在貳師城取得良馬三千餘匹，歸來後進號為貳師將軍。

奉陪封大夫宴得征字時封公兼鴻臚卿

岑參

西邊虜盡平，何處更專征。
幕下人無事，軍中政已成。
座參殊俗語，樂雜異方聲。
醉里東樓月，偏能照列卿。

封大夫—即封常清。

鴻臚卿—鴻臚寺的首長。

專征—將帥經特許得自行出兵征伐。

列卿—指封常清。

別妻王韞秀

元載

年來誰不厭龍鍾？雖在侯門似不容。

看取海山寒翠樹，苦遭霜霰到秦封。

別妻王韞秀—王忠嗣鎮太原，以女韞秀歸載。久而見輕於王之親屬。韞秀勸之遊學，因為詩別之入秦。

龍鍾—潦倒失志。

同夫遊秦

路掃饑寒跡，天哀志氣人。
休零離別淚，攜手入西秦。

王韞秀

牡丹

柳渾

近來無奈牡丹何，數十千錢買一顆。
今朝始得分明見，也共戎葵不校多。

戎葵—高大的葵花。
校—計算較量。

山館

皇甫冉

山館長寂寂，閒雲朝夕來。
空庭復何有，落日照青苔。

同李三月夜作

霜風驚度雁，月露皓疏林。
處處砧聲發，星河秋夜深。

皇甫冉

皓—照亮。

星河—銀河。

京兆眉

劉方平

新作蛾眉樣，誰將月裡同。
自來凡幾日，相效滿城中。

京兆眉——漢京兆尹張敞為妻畫眉。
京兆——（長安）中傳「張京兆眉嫵」。
將——和。
月裡同——謂新畫眉式作新月狀。

春思　◎二首其一

賈至

草色青青柳色黃，桃花歷亂李花香。
東風不為吹愁去，春日偏能惹恨長。

歷亂——紛亂。

戲呈吳馮

皎然

世人不知心是道，只言道在他方妙。
還如瞽者望長安，長安在西向東笑。

瞽者——盲人。

答李季蘭

天女來相試，將花欲染衣。
禪心竟不起，還捧舊花歸。

皎然

李季蘭——就是李冶。

「天女」二句——是以《維摩詰所說經·觀眾生品》天女散花為喻。

山中贈諸暨丹丘明府

秦系

荷衣半破帶莓苔，笑向陶潛酒甕開。
縱醉還須上山去，白雲那肯下山來？

諸暨—唐縣名，在今浙江諸暨縣。

丹丘—疑為「丘丹」之訛。丘丹於肅宗時任諸暨縣令，與文人多唱和。

明府—縣令的別稱。

荷衣—隱士的衣服。

莓苔—青苔。

贈別司空曙

盧綸

有月曾同賞，無秋不共悲。

如何與君別，又是菊花時。

江村即事

司空曙

釣罷歸來不繫船，江村月落正堪眠。
縱然一夜風吹去，只在蘆花淺水邊。

與元居士青山潭飲茶

靈一

野泉煙火白雲間，坐飲香茶愛此山。
巖下維舟不忍去，青溪流水暮潺潺。

元居士—元晟。

煙火—炊煙。

再過金陵

包佶

玉樹歌終王氣收，雁行高送石城秋。
江山不管興亡事，一任斜陽伴客愁。

玉樹—指陳後主的〈玉樹後庭花〉，有句云：「玉樹後庭花，開花不復久。」

石城—即石頭城，亦即金陵。三國時築土為城，東晉義熙中改建為磚石之城。

早行

郭良

早行星尚在，數里未天明。
不辨雲林色，空聞風水聲。
月從山上落，河入斗間橫。
漸至重門外，依稀見洛城。

河—指銀河。
斗—北斗星。
重門—謂洛陽城門。

葉上題詩從宮中流出

顧況

花落深宮鶯亦悲，上陽宮女斷腸時。
君恩不禁東流水，葉上題詩欲寄誰？

上陽宮──唐宮名，在東都洛陽禁苑之東，東接皇城之西南隅，高宗上元中置。

相思怨

人道海水深，不抵相思半。
海水尚有涯，相思渺無畔。
攜琴上高樓，樓虛月華滿。
彈著相思曲，絃腸一時斷。

李冶

塞上曲 ◎二首其二

戴叔倫

漢家旌幟滿陰山，不遣胡兒匹馬還。
願得此身長報國，何須生入玉門關？

陰山—在今內蒙中部，東西走向，古代為南北屏障。

生入玉門關—東漢班超，累立功動，晚年上疏請回中原，有：「臣不敢望到酒泉郡，但願生入玉門關」之語。

過三閭廟

沅湘流不盡，屈宋怨何深。
日暮秋風起，蕭蕭楓樹林。

戴叔倫

三閭廟——奉祀春秋時代楚國三閭大夫屈原的廟。

軍城早秋

嚴武

昨夜秋風入漢關，朔雲邊月滿西山。

更催飛將追驕虜，莫遣沙場匹馬還。

西山——指岷山，時為防禦吐蕃的要衝。

送靈一上人

十年勞遠別，一笑喜相逢。
又上青山去，青山千萬重。

陳羽

靈一——（七二七—七六二），俗姓吳，廣陵（今江蘇揚州）人。九歲出家，十三歲削髮。禪誦之暇，工於詩歌。

從軍行

陳羽

海畔風吹凍泥裂，枯桐葉落枝梢折。
橫笛聞聲不見人，紅旗直上天山雪。

從軍行—樂府舊題，屬相和歌平調曲。

海—大湖。

紅旗—軍旗。

送王校書

韋應物

同宿高齋換時節，共看移石復栽杉。
送君江浦已惆悵，更上西樓看遠帆。

校書——校書郎。

江浦——江濱。

答李澣 ◎三首其二

韋應物

馬卿猶有壁，漁父自無家。
想子今何處，扁舟隱荻花。

馬卿—司馬相如，字長卿。

馬卿猶有壁—司馬相如家貧只餘四壁。

漁父—屈原遭放逐江湘，遇避世漁父，與之問答寄情。

自鞏洛舟行入黃河即事寄府縣僚友

韋應物

夾水蒼山路向東，東南山豁大河通。
寒樹依微遠天外，夕陽明滅亂流中。
孤村幾歲臨伊岸，一雁初晴下朔風。
為報洛橋遊宦侶，扁舟不繫與心同。

鞏洛—鞏，唐縣名，屬河南府，在今河南鞏縣；洛是洛水。
府縣—府指河南府；縣指洛陽縣、河南縣。
夾水—鞏縣臨洛水，周遭環山。
依微—隱約。
朔風—北風。
扁舟不繫—《莊子．列禦寇》：「巧者勞而知者憂，無能者無所求，飽食而遨遊。」此處指自由自在，無拘無束。

話舊

存亡三十載，事過悉成空。
不惜霑衣淚，併話一宵中。

韋應物

宵—夜晚。

登樓

茲樓日登眺，流歲暗蹉跎。
坐厭淮南寺，秋山紅樹多。

韋應物

蹉跎——光陰虛度，年華消逝。

觀田家

韋應物

微雨眾卉新，一雷驚蟄始。
田家幾日閒，耕種從此起。
丁壯俱在野，場圃亦就理。
歸來景常晏，飲犢西澗水。
飢劬不自苦，膏澤且為喜。
倉稟無宿儲，徭役猶未已。
方慚不耕者，祿食出閭里。

驚蟄—農曆二十四節氣之一，約當陽曆三月五日或六日。此時春雷始鳴，醒而出來活動，原稱啟蟄，因漢景帝名啟，故諱啟為開，而啟蟄則另諱為驚蟄。

野—指田間。

景—日光、時光。

場圃—曬場與耕地。

劬—勞苦。

膏澤—雨水。

稟—穀倉。

不耕者—作者自指。

閭里—民間。

詠玉

乾坤有精物，至寶無文章。
雕琢為世器，真性一朝傷。

韋應物

精物——精美之物。
文章——文彩光華。

對萱草

韋應物

何人樹萱草，對此郡齋幽。
本是忘憂物，今夕重生憂。
叢疏露始滴，芳餘蝶尚留。
還思杜陵圃，離披風雨秋。

樹—種植。

杜陵圃—指家鄉的園圃。

離披—散亂。

聞雁

故園渺何處，歸思方悠哉。
淮南秋雨夜，高齋聞雁來。

韋應物

渺——遙遠。

塞下曲◎四首

李益

蕃州部落能結束，朝暮馳獵黃河曲。
燕歌未斷塞鴻飛，牧馬群嘶邊草綠。
秦築長城城已摧，漢武北上單于臺。
古來征戰虜不盡，今日還復天兵來。

蕃州——指邊地少數民族聚居區。
結束——裝扮。
黃河曲——泛指黃河所流經的河套地區。
燕歌——泛指燕地歌謠。
「漢武」句——元封元年（前一一〇）冬，漢武帝行自雲陽，北歷上郡、西河、五原，出長城，北登單于臺。勒兵十八萬騎，旌旗經千餘里，盛震匈奴。
單于臺——舊址在今內蒙古乎和浩特西。

黃河東流流九折，沙場埋恨何時絕。
蔡琰沒去造胡笳，蘇武歸來持漢節。
為報如今都護雄，匈奴且莫下雲中。
請書塞北陰山石，願比燕然車騎功。

胡笳—〈胡笳十八拍〉，相傳為蔡琰所作。

都護—官名。漢宣帝置西域都護，為西域最高長官。唐代先後置安西、安北、單于、北庭等六大都護府。

雲中—古郡名。唐代治所在今山西大同。

燕然車騎功—後漢和帝永元元年，車騎將軍竇憲大破匈奴北單于，遂登燕然山，命班固作〈燕然山銘〉。

從軍北征

李益

天山雪後海風寒，橫笛偏吹行路難。

磧裡征人三十萬，一時迴向月明看。

海風—指從蒲昌海（今新疆羅布泊）吹來的風。

行路難—樂府〈雜曲歌辭〉篇名。備言世路艱難及離別悲傷之意。

寫情

李益

水紋珍簟思悠悠，千里佳期一夕休。
從此無心愛良夜，任他明月下西樓。

水紋珍簟—編有波紋圖樣的精美竹席。
休—停止。

山家

板橋人渡泉聲，茅簷日午雞鳴。
莫嗔焙茶煙暗，卻喜曬穀天晴。

張繼

嗔—責怪。
焙—用火烘製。

東林寺酬韋丹刺史

靈澈

韋丹帥洪州時，靈澈居廬山，丹為忘形之契，篇什倡和，月居四五。丹寄一詩，寓思歸之意，澈答此詩。

年老心閒無外事，麻衣草座亦容身。
相逢盡道休官好，林下何曾見一人？

東林寺—在廬山，東晉高僧慧遠曾駐錫於此。

韋丹—（七五三—八一〇）字文明，京兆萬年（今陝西西安）人。早孤，從外祖顏真卿學。為人正直，為官惠愛百姓。

柏林寺南望

郎士元

溪上遙聞精舍鐘，泊舟微徑度深松。
青山霽後雲猶在，畫出西南四五峰。

精舍—僧人修煉居住之所。此指柏林寺。
霽—雨後轉晴。

寄柳氏

韓翃

章臺柳，章臺柳，顏色青青今在否？
縱使長條似舊垂，也應攀折他人手。

章臺——長安路名。
章臺柳——隱喻留在長安的柳氏。

拜新月

開簾見新月，便即下階拜。
細語人不聞，北風吹裙帶。

李端

便即——隨即。

閨情

李端

月落星稀天欲明，孤燈未滅夢難成。

披衣更向門前望，不忿朝來鵲喜聲。

不忿——不滿。

遊子

萱草生堂階，遊子行天涯。
慈親倚堂門，不見萱草花。

孟郊

萱草——忘憂草。亦以喻母親。

邀花伴

◎自注，時在朔方

孟郊

地邊春不足，十里見一花。
及時須遨遊，日暮饒風沙。

朔方—唐方鎮名，治所在靈州（今寧夏靈武西南）。

饒—多。

再下第

孟郊

一夕九起嗟，夢短不到家。
兩度長安陌，空將淚見花。

下第—落榜。

九起嗟—形容嘆息次數之多。

登科後

孟郊

昔日齷齪不足誇，今朝放蕩思無涯。

春風得意馬蹄疾，一日看盡長安花。

齷齪——拘於小節，限於狹隘。

放蕩——任意。

太原題廳壁

裴度

危事經非一，浮榮得是空。
白頭官舍裡，今日又春風。

憲宗元和十四年（八一九），裴度為皇甫鎛所構，出為太原尹、北都留守、河東節度使。

非一——不一。

浮榮——虛榮。

溪居

門徑俯清溪，茅檐古木齊。
紅塵飄不到，時有水禽啼。

裴度

紅塵──俗世。

怨婦

劉商

淨掃黃金階，飛霜皎如雪。
下簾彈箜篌，不忍見秋月。

黃金階—華美之臺階。

箜篌—古代彈撥弦樂器名，由西域傳來。

雜言和常州李員外副使春日戲題

◎十首其一

權德輿

隨風柳絮輕，映日杏花明。

無奈花深處，流鶯三數聲。

常州——州名，治所晉陵（今江蘇常州市）。

副使——官名。唐時節度使、觀察使都有副使，是正使的佐貳官。

流鶯——黃鶯。

流——言其鳴聲流麗悅耳。

相思樹

權德輿

家寄江東遠，身對江西春。
空見相思樹，不見相思人。

相思樹—木名，多生於嶺南，其子紅色，俗名紅豆，亦名相思子。

江東—作者為潤州丹陽人，屬江南東道。

江西—江南西道。作者此時為江西觀察使李兼從事。

相思人—此指其妻崔氏。

題木蘭院 ◎二首

王播

播少孤貧，嘗客揚州惠照寺木蘭院，隨僧齋菜。僧厭怠，乃齋罷而後擊鐘。後二紀，播自重位出鎮是邦，因訪舊游。向之題名，皆以碧紗幕其詩。播繼以二絕句。

三十年前此院遊，木蘭花發院新修。
如今再到經行處，樹老無花僧白頭。

上堂已了各西東，慚愧闍黎飯後鐘。
三十年來塵撲面，如今始得碧紗籠。

紀——十二年。

闍黎——阿闍黎的略稱，義為軌範師。

塞上曲 ◎二首

王涯

天驕遠塞行，出鞘寶刀鳴。
定是酬恩日，今朝覺命輕。

塞虜常為敵，邊風已報秋。
平生多意氣，箭底覓封侯。

天驕——泛稱強盛的邊疆民族。

看棋

王建

彼此抽先局勢平，傍人道死的還生。

兩邊對坐無言語，盡日時聞下子聲。

抽先——輪流先落子。

的——究竟。

宮詞百首 ◎第九十首

王建

樹頭樹底覓殘紅，一片西飛一片東。
自是桃花貪結子，錯教人恨五更風。

惜花

張籍

山中春已晚，處處見花稀。
明日來應盡，林間宿不歸。

與賈島閒遊

張籍

水北原南草色新，雪消風暖不生塵。
城中車馬應無數，能解閒行有幾人？

水北原南——疑指長安城外樂遊原與曲江池之間。

秋思

張籍

洛陽城裡見秋風，欲作家書意萬重。
復恐匆匆說不盡，行人臨發又開封。

行人——此指帶書信的遠行者。

偶書

劉叉

日出扶桑一丈高，人間萬事細如毛。
野夫怒見不平處，磨損胸中萬古刀。

扶桑—神話中的神木，相傳日出於此。
野夫—草野之人，詩人自謂。

姚秀才愛予小劍因贈

劉叉

一條古時水，向我手心流。
臨行瀉贈君，勿薄細碎仇。

姚秀才—姚合。
古時水—比喻古代傳下的寶劍。
瀉贈—惠贈，以瀉自呼應水的意象。
薄—迫近。

青青水中蒲 ◎三首

韓愈

青青水中蒲，下有一雙魚。
君今上隴去，我在與誰居？

青青水中蒲，長在水中居。
寄語浮萍草，相隨我不如。

青青水中蒲，葉短不出水。
婦人不下堂，行子在萬里。

陳沆《詩比興箋》以此詩為韓愈寄妻盧氏而代其懷己之作。

隴—隴山，在今隴縣至甘肅平涼一帶。

不如—不能同浮萍一起相隨。

行子—遠行在外之人。

湘中

韓愈

猿愁魚踴水翻波，自古流傳是汨羅。

蘋藻滿盤無處奠，空聞漁父扣舷歌。

《楚辭．漁父》載屈原在水邊，漁父勸他退隱，而唱：「滄浪之水清兮可以濯我纓，滄浪之水濁兮可以濯我足。」

左遷至藍關示姪孫湘

韓愈

一封朝奏九重天，夕貶潮陽路八千。
欲為聖明除弊政，敢將衰朽惜殘年？
雲橫秦嶺家何在？雪擁藍關馬不前！
知汝遠來應有意，好收吾骨瘴江邊。

左遷—貶官。

藍關—在今陝西藍田縣東南，唐代是南行出關中的關塞。

（韓）湘—是韓愈侄十二郎之子，長慶三年登進士第。

瘴江—泛指嶺南有瘴氣的江流。

春閨思

裊裊城邊柳，青青陌上桑。
提籠忘採葉，昨夜夢漁陽。

張仲素

裊裊—搖曳不定的樣子。

漁陽—地名，今河北省，鄰近北京市。

秋夜曲

張仲素

丁丁漏水夜何長，漫漫輕雲露月光。

秋逼暗蟲通夕響，征衣未寄莫飛霜。

丁丁—滴水聲。

漏—古計時器銅壺滴漏。

飛霜—冬季到來。

秋思◎二首

張仲素

碧窗斜月藹深暉，愁聽寒螿淚濕衣。
夢裡分明見關塞，不知何路向金微？

秋天一夜靜無雲，斷續鴻聲到曉聞。
欲寄征衣問消息，居延城外又移軍。

藹—遮蔽。
寒螿—秋冬之際的鳴蟲。
金微—山名，即新疆北部的阿爾泰山。
鴻聲—鴻雁鳴叫的聲音。
居延城—在今甘肅酒泉北。

秋風引

何處秋風至？蕭蕭送雁群。
朝來入庭樹，孤客最先聞。

劉禹錫

引──歌曲的一種。

浪淘沙

劉禹錫

日照澄洲江霧開，淘金女伴滿江隈。
美人首飾侯王印，盡是沙中浪底來。

澄洲——清靜的沙洲。
江隈——江水曲折處。

竹枝詞 ◎二首其一

劉禹錫

楊柳青青江水平，聞郎江上唱歌聲。
東邊日出西邊雨，道是無晴卻有晴。

晴——晴和情是諧音雙關語。

楊柳枝詞

◎九首其七

劉禹錫

御陌青門拂地垂，千條金縷萬條絲。

如今綰作同心結，將贈行人知不知？

縷——線。

綰——整。

元和十一年自朗州召至京戲贈看花諸君子

劉禹錫

紫陌紅塵拂面來，無人不道看花回。
玄都觀裡桃千樹，盡是劉郎去後栽。

紫陌—京都郊野的道路。
玄都觀—隋開皇二年，自長安故城遷通化觀於此，改名玄都觀。
劉郎—劉禹錫自謂，又暗用後漢劉晨、阮肇入天台山見桃遇仙的傳說。

再遊玄都觀

劉禹錫

百畝庭中半是苔，桃花淨盡菜花開。
種桃道士歸何處，前度劉郎今又來。

再遊玄都觀—前詩賞花後詩人再被貶出京，元和十四年重被召回，故作此詩。詩前自序云：「貞元二十一年春，予為屯田員外時，此觀未有花，是歲出牧連州至荊南，又貶朗州司馬。居十年，詔至京師，人人皆言，有道士手植仙桃滿觀，盛如紅霞，遂有前篇，以志一時之事。旋又出牧連州，至十四年始為主客郎中，重遊玄都，蕩然無復一樹，惟兔葵、燕麥動搖春風耳。因再題二十八字，以俟后游。時大和二年三月也。」

與歌者米嘉榮

劉禹錫

唱得涼州意外聲，舊人唯數米嘉榮。
近來時世輕先輩，好染髭鬚事後生。

米嘉榮—西域米國人。中唐著名歌唱家。

涼州—曲調名。玄宗天寶時樂曲，皆以邊地命名，如涼州、伊州、甘州之類。

意外聲—音調奇特的曲子。

先輩—前輩。

石頭城

劉禹錫

山圍故國周遭在，潮打空城寂寞回。
淮水東邊舊時月，夜深還過女牆來。

石頭城—故址在今南京市西石頭山後。這裡曾經是戰國時代楚國的金陵城，三國時吳大帝孫權改名為石頭城，以貯財寶兵器。經六朝豪奢，至唐初廢棄。多年來已成為一座空城。
故國—舊時都城。
周遭—四周。
淮水—秦淮河。
女牆—城牆上的矮牆。

臺城

劉禹錫

臺城六代競豪華，結綺臨春事最奢。
萬戶千門成野草，只緣一曲後庭花。

臺城—故址在今南京市玄武湖側。

結綺、臨春—陳後主在光昭殿前起臨春、結綺、望仙三閣，高數十丈，極盡奢華。

後庭花—即〈玉樹後庭花〉，屬吳聲歌曲，陳後主作此新歌，令後宮美人習唱。其辭曰：「玉樹後庭花，花開不復久。」

贈李司空妓

劉禹錫

高髻雲鬟宮樣妝，春風一曲杜韋娘。
司空見慣渾閒事，斷盡蘇州刺史腸。

李司空—李紳，時官司空。

杜韋娘—原為唐一歌伎，後以其名作曲調名。此泛指歌女所唱的曲調。

蘇州刺史—詩人自指。

村居苦寒

白居易

八年十二月，五日雪紛紛。
竹柏皆凍死，況彼無衣民！
回觀村閭間，十室八九貧。
北風利如劍，布絮不蔽身。
唯燒蒿棘火，愁坐夜待晨。
乃知大寒歲，農者尤苦辛。
顧我當此日，草堂深掩門。
褐裘覆絁被，坐臥有餘溫。

八年—指唐憲宗元和八年。

蒿棘火—以草木燒火。

褐—粗布衣服。

絁—粗綢。

倖免飢凍苦，又無壟畝勤。
念彼深可愧，自問是何人？

壟畝──田畝。

早秋獨夜

井梧涼葉動，鄰杵秋聲發。
獨向檐下眠，覺來半床月。

白居易

鄰杵——鄰近的搗衣聲。

夜雨

早蛩啼復歇，殘燈滅又明。
隔窗知夜雨，芭蕉先有聲。

白居易

蛩——指吟蛩，就是蟋蟀。

花非花

白居易

花非花，霧非霧。夜半來，天明去。

來如春夢幾多時？去似朝雲無覓處。

浦中夜泊

白居易

暗上江堤還獨立，水風霜氣夜棱棱。
回看深浦停舟處，蘆荻花中一點燈。

棱棱——嚴寒的樣子。

南浦別

白居易

南浦淒淒別，西風嫋嫋秋。
一看腸一斷，好去莫回頭。

嫋嫋——搖曳繚繞。

紫薇花

白居易

絲綸閣下文書靜，鐘鼓樓中刻漏長。
獨坐黃昏誰是伴？紫薇花對紫微郎。

絲綸──帝王的詔敕。絲綸閣指中書省。

紫薇花對紫微郎──玄宗開元年改中書省為紫微省，穆宗長慶元年，白居易以知制誥入值中書，故稱紫微郎。

夜箏

白居易

紫袖紅絃明月中，自彈自感暗低容。
絃凝指咽聲停處，別有深情一萬重。

紅弦—箏弦以熟絲製成，其色紅，故稱紅弦。

低容—低面、低眉。

採蓮曲

白居易

菱葉縈波荷颭風，荷花深處小船通。
逢郎欲語低頭笑，碧玉搔頭落水中。

縈──纏繞。
颭──風吹物動貌。
搔頭──髮簪。

宿滎陽

白居易

生長在滎陽，少小辭鄉曲。
迢迢四十載，復向滎陽宿。
去時十一二，今年五十六。
追思兒戲時，宛然猶在目。
舊居失處所，故里無宗族。
豈唯變市朝，兼亦遷陵谷。
獨有溱洧水，無情依舊綠。

滎陽——舊縣名，在今河南省。
迢迢——遙遠悠長的樣子。
宛然——猶然。
市朝——人口聚集的場所。
陵谷——山嶺與深谷。
溱洧——溱水與洧河，皆發源於河南。

宴散

小宴追涼散，平橋步月回。
笙歌歸院落，燈火下樓臺。
殘暑蟬催盡，新秋雁帶來。
將何還睡興？臨臥舉殘杯。

白居易

追涼──乘涼。

憫農 ◎二首

李紳

春種一粒粟，秋收萬顆子。
四海無閒田，農夫猶餓死。
鋤禾日當午，汗滴禾下土。
誰知盤中飧，粒粒皆辛苦。

夏晝偶作

柳宗元

南州溽暑醉如酒，隱几熟眠開北牖。
日午獨覺無餘聲，山童隔竹敲茶臼。

南州──指永州。
隱几──倚靠著几案。
牖──窗戶。
茶臼──搗茶用的石臼。

柳州二月榕葉落盡偶題

柳宗元

宦情羈思共悽悽，春半如秋意轉迷。
山城過雨百花盡，榕葉滿庭鶯亂啼。

羈思——寄居他鄉的心緒。

別舍弟宗一

柳宗元

零落殘魂倍黯然，雙垂別淚越江邊。
一身去國六千里，萬死投荒十二年。
桂嶺瘴來雲似墨，洞庭春盡水如天。
欲知此後相思夢，長在荊門郢樹煙。

零落—花葉凋零飄落，此處用以自比遭貶漂泊。

越江—柳州乃百越地，指柳州江邊。

去國—離開國都長安。

桂嶺—今廣西賀縣，泛指柳州山嶺。

荊門—縣名，在今湖北省中部。

郢—古地名，在今湖北省。

重別夢得

柳宗元

二十年來萬事同，今朝岐路忽西東。
皇恩若許歸田去，晚歲當為鄰舍翁。

夢得——劉禹錫之字。

見樂天詩

元稹

通州到日日平西，江館無人虎印泥。
忽向破檐殘漏處，見君詩在柱心題。

樂天詩—指白居易〈贈長安妓人阿軟絕句〉。

通州—唐代州名，西魏置，即今四川達縣。時元稹被貶為通州司馬。

聞樂天授江司馬

元稹

殘燈無焰影幢幢，此夕聞君謫九江。
垂死病中驚坐起，暗風吹雨入寒窗。

幢幢—搖曳不定。
九江—江州。

夢昔時

閒窗結幽夢，此夢誰人知？
夜半初得處，天明臨去時。
山川已久隔，雲雨兩無期。
何事來相感，又成新別離。

元稹

離思◎五首其四

元稹

曾經滄海難為水，除卻巫山不是雲。
取次花叢懶回顧，半緣修道半緣君。

取次——任意、隨便。
花——喻少女。

夢上天

元稹

夢上高高天，高高蒼蒼高不極。
下視五嶽塊纍纍，仰天依舊蒼蒼色。
蹋雲聳身身更上，攀天上天攀未得。
西瞻若水兔輪低，東望蟠桃海波黑。
日月之光不到此，非暗非明煙塞塞。
天悠地遠身跨風，下無階梯上無力。
來時畏有他人上，截斷龍胡斬鵬翼。
茫茫漫漫方自悲，哭向青雲椎素臆。

若水──古水名，即今雅礱江，源出青海。

兔輪──月輪，古言月中有兔擣藥。

塞塞──充滿。

龍胡──龍頸下的垂肉。

椎──捶。

哭聲厭咽旁人惡，喚起驚悲淚飄露。
千慚萬謝喚厭人，向使無君終不寤。

厭咽—壓抑嗰塞，指睡夢中人哭不出聲。
厭人—做惡夢的人。

劍客

十年磨一劍，霜刃未曾試。
今日把示君，誰有不平事？

賈島

示──用在動詞後，有給、與的意思。

題李凝幽居

賈島

閒居少鄰並，草徑入荒園。
鳥宿池邊樹，僧敲月下門。
過橋分野色，移石動雲根。
暫去還來此，幽期不負言。

雲根——雲起之處。

幽期——祕密的期約。

寄ㄐㄧˋ遠ㄩㄢˇ

家ㄐㄧㄚ住ㄓㄨˋ錦ㄐㄧㄣˇ水ㄕㄨㄟˇ上ㄕㄤˋ，身ㄕㄣ征ㄓㄥ遼ㄌㄧㄠˊ海ㄏㄞˇ邊ㄅㄧㄢ。
十ㄕˊ書ㄕㄨ九ㄐㄧㄡˇ不ㄅㄨˋ到ㄉㄠˋ，一ㄧ到ㄉㄠˋ忽ㄏㄨ經ㄐㄧㄥ年ㄋㄧㄢˊ。

賈ㄐㄧㄚˇ島ㄉㄠˇ

錦水——成都。

憶江上吳處士

賈島

閩國揚帆去，蟾蜍虧復圓。
秋風生渭水，落葉滿長安。
此地聚會夕，當時雷雨寒。
蘭橈殊未返，消息海雲端。

處士—有才學而隱居不仕者。

蟾蜍—月亮。

蘭橈—橈為船槳，蘭橈代指船。

殊—猶。

尋山家

長孫佐輔

獨訪山家歇還涉，茅屋斜連隔松葉。
主人聞語未開門，繞籬野菜飛黃蝶。

旅次朔方

劉皂

客舍并州已十霜，歸心日夜憶咸陽。
無端更渡桑乾水，卻望并州是故鄉。

朔方—此指朔州（今山西朔縣），位於桑乾河北岸。

舍—居住。

并州—今太原。

十霜—一年一霜，即十年。

咸陽—位於陝西，詩人的故鄉。

桑乾水—即桑乾河，發源於山西。

贈項斯

楊敬之

幾度見詩詩總好，及觀標格過於詩。

平生不解藏人善，到處逢人說項斯。

及觀——等到看見。

標格——風度。

不解——不懂。

贈去婢

崔郊

公子王孫逐後塵，綠珠垂淚滴羅巾。
侯門一入深似海，從此蕭郎是路人。

綠珠—晉石崇寵妓，權臣孫秀求之，崇不許，秀遂矯詔將崇處死，綠珠亦墜樓殉情。

蕭郎—梁武帝蕭衍任祭酒時，王儉謂此蕭郎貴不可言。後用作男士美稱。

長安秋夜

李德裕

內宮傳詔問戎機，載筆金鑾夜始歸。
萬戶千門皆寂寂，月中清露點朝衣。

戎機——機密軍務。
金鑾——唐代宮殿名。

登玄都閣

朱慶餘

野色晴宜上閣看，樹陰遙映御溝寒。
豪家舊宅無人住，空見朱門鎖牡丹。

玄都閣——玄都觀中樓閣，玄都觀在長安朱雀門街西第一街崇業坊。

牡丹——象徵富貴者。

夢天

李賀

老兔寒蟾泣天色，雲樓半開壁斜白。
玉輪軋露溼團光，鸞珮相逢桂香陌。
黃塵清水三山下，更變千年如走馬。
遙望齊州九點煙，一泓海水杯中瀉。

老兔寒蟾—傳說月中有玉兔和蟾蜍，故常以代指月亮。

軋—輾壓。

鸞珮—刻著鸞鳳的玉珮，指仙女。

黃塵—黃色的塵土。

齊州—中州、中國，《尚書》謂中國有九州。

泓—量詞，清水一片。

金銅仙人辭漢歌並序

李賀

魏明帝青龍元年八月，詔宮官牽車西取漢孝武捧露仙人，欲立置前殿。宮官既拆盤，仙人臨載，乃潸然淚下。唐諸王孫李長吉，遂作金銅仙人辭漢歌。

茂陵劉郎秋風客，夜聞馬嘶曉無跡。
畫欄桂樹懸秋香，三十六宮土花碧。
魏官牽車指千里，東關酸風射眸子。
空將漢月出宮門，憶君清淚如鉛水。
衰蘭送客咸陽道，天若有情天亦老。
攜盤獨出月荒涼，渭城已遠波聲小。

茂陵劉郎—漢武帝劉徹死葬茂陵，故李賀稱其茂陵劉郎。
三十六宮—極言宮殿之多。
土花—苔蘚。
東關—車出長安東門，故曰東關。
將—與，伴隨。
鉛水—銅人所落之淚，亦喻心情沉重。
衰蘭—秋蘭已老。
渭城—秦都咸陽，漢改為渭城縣，代指長安。

馬詩 ◎二十三首其四

李賀

此馬非凡馬，房星本是星。
向前敲瘦骨，猶自帶銅聲。

房星—星宿名，二十八宿之一。
向前二句—馬雖骨瘦嶙峋，但難掩良材，亦詩人懷才不遇自況。

昌谷讀書示巴童

李賀

蟲響燈光薄，宵寒藥氣濃。
君憐垂翅客，辛苦尚相從。

巴童—四川籍書童。

垂翅客—鬥敗的禽鳥，詩人自比。

難忘曲

夾道開洞門，弱楊低畫戟。
簾影竹華起，簫聲吹日色。
蜂語繞妝鏡，拂蛾學春碧。
亂繫丁香梢，滿欄花向夕。

李賀

畫戟—列在廟社或殿門前飾有彩畫的戟，為古代官署儀仗。

向夕—傍晚。

暮春滻水送別

韓琮

綠暗紅稀出鳳城，暮雲樓閣古今情。
行人莫聽宮前水，流盡年光是此聲。

滻水—渭水支流之一，為古長安重要水源。

綠暗紅稀—綠葉茂密紅花稀少，為暮春光景。

鳳城—即京城。

行人—詩人送別的遠行之人。

宮前水—指滻水。

題紅葉

宣宗宮人

《全唐詩》於此首釋題云：「盧偓應舉時，偶臨御溝，得一紅葉，上有絕句，置於巾箱。及出宮人，偓得韓氏，覩紅葉，吁嗟久之，曰：當時偶題，不謂郎君得之。」

流水何太急？深宮盡日閒。

殷勤謝紅葉，好去到人間。

貢院題

魏扶

梧桐葉落滿庭陰，鎖閉朱門試院深。
曾是昔年辛苦地，不將今日負初心。

朱門—古代王侯貴族大門漆成紅色，泛指富貴人家。

咸陽城東樓

許渾

一上高城萬里愁，蒹葭楊柳似汀洲。
溪雲初起日沉閣，山雨欲來風滿樓。
鳥下綠蕪秦苑夕，蟬鳴黃葉漢宮秋。
行人莫問當年事，故國東來渭水流。

咸陽—秦都城，唐時隔渭河與長安相望。

蒹葭—荻草與蘆葦。

汀洲—水中小州，此指家鄉風物。

溪雲初起日沉閣—原注：南近磻溪，西對慈福寺。

蕪—叢生的綠草。

鶴林寺中秋夜玩月

許渾

待月東林月正圓，廣庭無樹草無煙。
中秋雲盡出滄海，半夜露寒當碧天。
輪影漸移金殿外，鏡光猶掛玉樓前。
莫辭達曙殷勤望，一墮西巖又隔年。

鶴林寺—在今江蘇鎮江市，晉時所建，南朝劉宋改此名。

東林—廬山東林，此代指鶴林寺。

輪—指圓月。

曙—破曉時分。

塞下

許渾

夜戰桑乾北，秦兵半不歸。
朝來有鄉信，猶自寄征衣。

桑乾—桑乾河。
秦兵—指關中北伐的戰士。
猶自—仍然。

謝亭送別

許渾

勞歌一曲解行舟，紅葉青山水急流。
日暮酒醒人已遠，滿天風雨下西樓。

謝亭──即謝公亭，在安徽宣城北，南齊宣城太守謝脁建。

勞歌──原指勞勞亭送客所唱的歌，後泛指送別之歌。

途經秦始皇墓

許渾

龍盤虎踞樹層層，勢入浮雲亦是崩。
一種青山秋草裡，路人唯拜漢文陵。

龍蟠虎踞—形容地勢險要雄偉。
盤—蟠。
崩—坍塌、覆亡。
陵—帝王的墳墓。

登樂遊原

杜牧

長空澹澹孤鳥沒，萬古銷沉向此中。
看取漢家何事業？五陵無樹起秋風。

樂遊原——在長安東南，地勢高曠，為遊覽勝地。
澹澹——恬靜的樣子。
銷沉——形跡消沒。
事業——功業。
五陵——漢代五位皇帝的陵墓，即高祖長陵、惠帝安陵、景帝昭陵、武帝茂陵、昭帝平陵。

長安秋望

樓倚霜樹外，鏡天無一毫。
南山與秋色，氣勢兩相高。

杜牧

鏡天—像鏡子般明亮的天空。
一毫—一絲。
南山—終南山。

江南春絕句

杜牧

千里鶯啼綠映紅，水村山郭酒旗風。
南朝四百八十寺，多少樓臺煙雨中。

郭—外城。
酒旗—酒店門前做為標誌的小旗。
南朝—與北朝對峙的宋、齊、梁、陳政權。
樓臺—指寺院建築。

齊安郡中偶題◎二首

杜牧

兩竿落日溪橋上，半縷輕煙柳影中。
多少綠荷相倚恨，一時回首背西風。

秋聲無不攪離心，夢澤蒹葭楚雨深。
自滴階前大梧葉，干君何事動哀吟？

齊安郡—即黃州，治所在今湖北黃岡。

兩竿落日—落日只剩兩竿高。

相倚—荷葉層疊相依。

夢澤—雲夢澤，湖北江漢平原湖泊總稱。

楚雨—楚地之雨，齊安郡位於湖北。

雨

杜牧

連雲接塞添迢遞，灑幕侵燈送寂寥。
一夜不眠孤客耳，主人窗外有芭蕉。

迢遞──遙遠的樣子。
寂寥──寂靜空虛。

贈漁父

杜牧

蘆花深澤靜垂綸，月夕煙朝幾十春。
自說孤舟寒水畔，不曾逢著獨醒人。

綸——釣絲。
獨醒人——戰國時屈原被放逐，遇見漁父，漁父問他何以至此？屈原曰：「舉世皆濁我獨清，眾人皆醉我獨醒。」

山行

杜牧

遠上寒山石徑斜，白雲生處有人家。
停車坐愛楓林晚，霜葉紅於二月花。

人家—住家。
坐—因為。

題情盡橋

雍陶

從來只有情難盡，何事名為情盡橋？
自此改名為折柳，任他離恨一條條。

喜夢歸

雍陶

旅館歲闌頻有夢，分明最似此宵希。
覺來莫道還無益，未得歸時且當歸。

闌——將盡，晚。

宿嘉陵驛

雍陶

離思茫茫正值秋，每因風景卻生愁。

今宵難作刀州夢，月色江聲共一樓。

刀州—益州。

刀州夢—雍陶是益州人，刀州夢意謂鄉夢。

送春

雍陶

勿言春盡春還至，少壯看花復幾回？
今日已從愁裡去，明年更莫共愁來。

井欄砂宿遇夜客

李涉

涉嘗過九江，至皖口，遇盜，問：「何人？」從者曰：「李博士也。」其豪酋曰：「若是李涉博士，不用剽奪，久聞詩名，願題一篇足矣。」涉遂贈詩云云：

暮雨蕭蕭江上村，綠林豪客夜知聞。
他時不用逃名姓，世上如今半是君。

皖口——地名，在今安徽省，當皖水入長江之口，故名。

剽奪——劫奪。

江上村——皖口的村莊，即井欄砂村。

綠林豪客——盜匪或聚居山林反抗統治者的人。

逃名姓——避聲名而不居之意。

水調詞 ◎十首其七

陳陶

長夜孤眠倦錦衾，秦樓霜月苦邊心。

征衣一倍裝綿厚，猶慮交河雪凍深。

錦衾—錦緞製成的衾被。

交河—漢古城名，唐貞觀十四年設縣，在今新疆吐魯番西北的雅爾和屯。

寒塘

曉髮梳臨水，寒塘坐見秋。
鄉心正無限，一雁度南樓。

趙嘏

曉——天剛亮的時候。

江樓舊感

趙嘏

獨上江樓思渺然，月光如水水如天。
同來望月人何處？風景依稀似去年。

渺然——悠遠的樣子。

放魚

早覓為龍去，江湖莫漫遊。
須知香餌下，觸口是銛鉤。

李群玉

銛—銳利。

火爐前坐

孤燈照不寐，風雨滿西林。
多少關心事，書灰到夜深。

李群玉

李羽處士故里

溫庭筠

柳不成絲草帶煙，海槎東去鶴歸天。
愁腸斷處春何限，病眼開時月正圓。
花若有情還悵望，水應無事莫潺湲。
終知此恨銷難盡，辜負南華第一篇。

處士——有才學而隱居不仕的人。

海槎——王子年《拾遺記》載，有巨槎浮於西海，上有光若星月。有羽人棲息其上。

槎——木筏、舟船。庾信〈楊柳歌〉：流槎一去上天池。

潺湲——水流聲。

南華——《莊子》別稱。

蔡中郎墳

溫庭筠

古墳零落野花春，聞說中郎有後身。
今日愛才非昔日，莫抛心力作詞人。

蔡中郎墳—蔡邕，後漢末年人，官至左中郎將。博學、好詞章、精音律、工書法。其墳在毗陵（今江蘇常州）。

後身—來世之身。佛教有三世之說，人死後轉世之身為後身。

過分水嶺

溫庭筠

溪水無情似有情，入山三日得同行。

嶺頭便是分頭處，惜別潺湲一夜聲。

分水嶺──指漢水與嘉陵江的分水嶺。

分頭──分別。

碧澗驛曉思

香燈伴殘夢，楚國在天涯。
月落子規歇，滿庭山杏花。

溫庭筠

碧澗驛—確切地點不詳。

香燈—燃香膏的照明燈。

天涯—天邊，極遠之地。

商山早行

晨起動征鐸，客行悲故鄉。
雞聲茅店月，人跡板橋霜。
槲葉落山路，枳花明驛牆。
因思杜陵夢，鳧雁滿迴塘。

溫庭筠

商山—在今陝西商縣東南。

征鐸—旅人車馬的鐸鈴。

杜陵—地名。秦置杜縣，漢宣帝在此築陵，改名杜陵，在今陝西西安市東南。

鳧—野鴨。

迴塘—曲折的水池。

悼傷後赴東蜀辟至散關遇雪

李商隱

劍外從軍遠，無家與寄衣。
散關三尺雪，迴夢舊鴛機。

悼傷—悼亡，指喪妻。
辟—徵召。
劍外—四川劍閣縣之外。
散關—即大散關，在陝西寶雞西南的峽谷中。
鴛機—織錦機。

北齊◎二首

李商隱

一笑相傾國便亡，何勞荊棘始堪傷。
小憐玉體橫陳夜，已報周師入晉陽。

巧笑知堪敵萬機，傾城最在著戎衣。
晉陽已陷休回顧，更請君王獵一圍。

北齊二首—詠北齊後主高緯寵馮貴妃，荒淫國事。

荊棘—晉索靖典故，其預見天下將亂，指宮門銅駝嘆：「會見汝在荊棘中耳。」此處意指亡國。

小憐—馮貴妃名。

周師—北周軍隊。

晉陽—今山西太原，為北齊高氏政權起家之地。

萬機—此指君主日常處理的眾多政務。

戎衣—軍裝。

憶梅

定定住天涯，依依向物華。
寒梅最堪恨，常作去年花。

李商隱

定定—猶言牢牢地。
物華—指眼前美好春天景物。
去年花—梅花先春而開，到春光明媚，百花盛開時，它卻早已凋零，所以梅花是去年就開的花。

月

李商隱

樓上與橋邊，難忘復可憐。
簾開最明夜，簟卷已涼天。
流處水花急，吐時雲葉鮮。
姮娥無粉黛，只是逞嬋娟。

可憐—可喜可愛。
簟—竹蓆。
雲葉—雲朵。
姮娥—嫦娥，指月亮。
嬋娟—形容姿態美好的樣子。

日射

李商隱

日射紗窗風撼扉，香羅拭手春事違。
迴廊四合掩寂寞，碧鸚鵡對紅薔薇。

羅—質地柔軟的絲織品。
春事違—謂虛度春光。
四合—四面團聚。

七夕

李商隱

鸞扇斜分鳳幄開，星橋橫過鵲飛回。
爭將世上無期別，換得年年一度來。

幄—帳幕。
星橋—鵲橋。
爭將—怎把。
無期別—永別。

離亭賦得折楊柳◎二首其二

李商隱

含煙惹霧每依依，萬緒千條拂落暉。
為報行人休折盡，半留相送半迎歸。

依依——戀戀不捨的樣子。

韓冬郎即席為詩相送一座盡驚他日余方追吟連宵侍坐裴回久之句有老成之風因成二絕寄酬兼呈畏之員外

李商隱

十歲裁詩走馬成，冷灰殘燭動離情。

桐花萬里丹山路，雛鳳清于老鳳聲。

韓冬郎—就是韓偓。

畏之—是韓偓父親韓瞻的字，他和李商隱是同榜進士，也都娶了王茂元之女。

十歲裁詩—李商隱與韓瞻為連襟，韓偓十歲時李商隱離京，父子相送，韓偓即席作詩。

走馬成—作詩文思敏捷。

丹山—在湖北省巴東縣。

夕陽樓

李商隱

花明柳暗繞天愁，上盡重城更上樓。

欲問孤鴻向何處，不知身世自悠悠。

夕陽樓—古蹟，位於河南滎陽，與黃鶴樓、鸛雀樓、岳陽樓等齊名。

悠悠—憂思的樣子

天涯

春日在天涯，天涯日又斜。
鶯啼如有淚，為溼最高花。

李商隱

啼—兼有啼叫與啼哭雙意。
最高花—頂枝的花，最後凋零，最高花謝，則花盡春逝。

憶住一師

李商隱

無事經年別遠公，帝城鐘曉憶西峰。

爐煙消盡寒燈晦，童子開門雪滿松。

無事——無端。

遠公——東晉高僧惠遠，東晉太元六年（三八一）入廬山，住東林寺傳法。這裡借指住一師。

西峰——東林寺位於廬山西北麓，故稱西峰。這裡借指住一師所居的佛寺。

寫意

李商隱

燕雁迢迢隔上林，高秋望斷正長吟。
人間路有潼江險，天外山惟玉壘深。
日向花間留返照，雲從城上結層陰。
三年已制思鄉淚，更入新年恐不禁。

燕雁—燕地的鴻雁。
迢迢—遙遠的樣子。
上林—上林苑，漢武帝宮苑，借指長安。
潼江—源出於四川平武之龍門山，注入涪江。
玉壘—山名，在成都西北岷山界，今四川汶川縣境。
制—控制、節制。

花下醉

李商隱

尋芳不覺醉流霞，倚樹沉眠日已斜。
客散酒醒深夜後，更持紅燭賞殘花。

流霞──仙酒。

春日寄懷

李商隱

世間榮落重逡巡，我獨丘園坐四春。
縱使有花兼有月，可堪無酒又無人？
青袍似草年年定，白髮如絲日日新。
欲逐風波千萬里，未知何路到龍津？

重──劇烈的。
逡巡──頃刻間。
丘園──鄉野林園，退隱。
青袍──八、九品官服色。
風波──指宦途升沉。
龍津──龍門、河津，猶言要津、要路。
津──渡口。

山亭夏日

高駢

綠樹陰濃夏日長，樓閣倒影入池塘。
水晶簾動微風起，滿架薔薇一院香。

春女怨

朱絳

獨坐紗窗刺繡遲，紫荊花下囀黃鸝。
欲知無限傷春意，盡在停針不語時。

囀——鳥鳴。

招友人宿

貫休

銀地無塵金菊開，紫梨紅棗墮莓苔。
一泓秋水一輪月，今夜故人來不來？

銀地——月光照耀下的地面。

獻錢尚父

貫休

貴逼人來不自由，龍驤鳳翥勢難收。
滿堂花醉三千客，一劍霜寒十四州。
鼓角揭天嘉氣冷，風濤動地海山秋。
東南永作金天柱，誰羨當時萬戶侯？

錢尚父—吳越開國君王，占有兩浙十三州。
貴逼—富貴逼人，言人不求富貴，富貴自來。
驤—奔馳。
翥—高飛。
鼓角—軍中用為號令的兩種樂器，夜裡用以計時打更。
揭天—震天。

西施

羅隱

家國興亡自有時，吳人何苦怨西施。
西施若解傾吳國，越國亡來又是誰？

時——時運。
傾——覆滅。

柳

羅隱

灞岸晴來送別頻，相偎相倚不勝春。
自家飛絮猶無定，爭解垂絲絆路人？

灞——灞水，源出陝西西安，北流入渭河，灞水上有橋，古時長安送行者多至此折柳贈別。
爭——怎。
絆——挽留。

雪

羅隱

盡道豐年瑞，豐年事若何。
長安有貧者，為瑞不宜多。

豐年瑞——瑞雪為豐年之兆。

蜂

羅隱

不論平地與山尖，無限風光儘被占。
採得百花成蜜後，為誰辛苦為誰甜？

汴河懷古 ◎二首其二

皮日休

盡道隋亡為此河，至今千里賴通波。

若無水殿龍舟事，共禹論功不較多。

汴河—指通濟渠東段全流。起自河南滎陽北，最終注入淮河。南宋時已湮廢，今僅江蘇泗洪縣尚殘存一段。

水殿龍舟事—隋煬帝開通濟渠，耗費人力，造巨大遊河船，龍舟華麗如水上宮殿，遊河隊伍所經處均須進獻食物，民怨甚深。

共禹論功—可與大禹治水的功績相比。

較—差。

懷宛陵舊遊

陸龜蒙

陵陽佳地昔年遊，謝朓青山李白樓。
唯有日斜溪上思，酒旗風影落春流。

宛陵—唐代宣州宣城縣，今安徽宣城。

陵陽—山名。在唐宣州涇縣西南，相傳為陵陽子明得仙處。

謝朓青山—在宣州當塗縣東南。南齊謝朓曾築室及池於山南。

李白樓—李白晚年居於當塗。

延興門外作

韋莊

芳草五陵道，美人金犢車。
綠奔穿內水，紅落過牆花。
馬足倦遊客，鳥聲歡酒家。
王孫歸去晚，宮樹欲棲鴉。

延興門——長安東面南三座城門之一。

五陵——漢代五位皇帝的陵墓，即長陵、安陵、昭陵、茂陵、平陵，在長安北五陵附近為富豪聚居之地。

金犢車——金飾的牛車。

內——皇宮。

王孫——貴族子弟的通稱。

送日本國僧敬龍歸

韋莊

扶桑已在渺茫中，家在扶桑東更東。
此去與師誰共到，一船明月一帆風。

扶桑—神話中的樹木，日出於其下，因用作日本的代稱。
渺茫—遙遠的樣子。
師—指僧敬龍。

古別離

韋莊

晴煙漠漠柳毿毿，不那離情酒半酣。
更把玉鞭雲外指，斷腸春色在江南。

毿毿——細長的樣子。
不那——猶言無奈。

長年

韋莊

長年方悟少年非，人道新詩勝舊詩。
十畝野塘留客釣，一軒春雨對僧棋。
花間醉任黃鶯語，亭上吟從白鷺窺。
大盜不將鑪冶去，有心重築太平基。

大盜—指黃巢等叛亂集團。
鑪冶—洪爐，喻天地。

河湟有感

司空圖

一自蕭關起戰塵，河湟隔斷異鄉春。
漢兒盡作胡兒語，卻向城頭罵漢人。

河湟——黃河與湟水流域，指河西隴右地區。

蕭關——關塞名，故址約在今寧夏固原，為關中塞北交通要衝。

長城

胡曾

祖舜宗堯自太平，秦皇何事苦蒼生。
不知禍起蕭牆內，虛築防胡萬里城。

蕭牆——宮室裡的門屏。指宮廷的內部。

小院

小院無人夜，煙斜月轉明。
清宵易惆悵，不必有離情。

唐彥謙

焚書坑

章碣

竹帛煙銷帝業虛，關河空鎖祖龍居。

坑灰未冷山東亂，劉項元來不讀書。

焚書坑—在今陝西臨潼縣驪山下，傳說為秦始皇焚書坑儒處。

竹帛—古時以竹簡布帛記載文字，指書籍。

關河—函谷關和黃河。

祖龍—指秦始皇。

山東—函谷關、崤山以東。

元來—本來。「元」同「原」。

家書後批二十八字

◎在醴陵時聞家在登州

韓偓

四序風光總是愁，鬢毛衰颯涕橫流。

此書未到心先到，想在孤城海岸頭。

醴陵—縣名，在湖南省東部。

登州—在今山東蓬萊，城在渤海岸邊。

颯—衰落。

深院

韓偓

鵝兒唼啑梔黃嘴，鳳子輕盈膩粉腰。

深院下簾人晝寢，紅薔薇映碧芭蕉。

唼啑—魚或水鳥進食時所發出的聲音。同唼喋。

鳳子—蛺蝶之大者，即鳳蝶。

效崔國輔體 ◎四首錄二

韓偓

第一

澹月照中庭，海棠花自落。
獨立俯閒階，風動鞦韆索。

第二

雨後碧苔院，霜來紅葉樓。
閒階上斜日，鸚鵡伴人愁。

崔國輔—盛唐詩人。開元十四年（七二六）舉進士第。擅長五言絕句，多寫兒女情思。《全唐詩》存詩一卷。

江行 ◎二首其一

魚玄機

大江橫抱武昌斜，鸚鵡洲前戶萬家。
畫舸春眠朝未足，夢為蝴蝶也尋花。

橫抱—指長江橫貫，似攔腰橫抱。
鸚鵡洲—位於武昌東北江中。
舸—大船。

梅花塢

陸希聲

凍蕊凝香色豔新，小山深塢伴幽人。
知君有意凌寒色，羞共千花一樣春。

梅花塢──今江蘇省宜興縣東南，以盛植梅花著稱。

幽人──隱士。

君──指梅花。

凌──超過、壓倒。

己亥歲

曹松

澤國江山入戰圖，生民何計樂樵蘇。

憑君莫話封侯事，一將功成萬骨枯。

己亥歲—唐僖宗廣明元年（八七九）年。

澤國—江南之地。

戰圖—戰爭波及的範圍。

樵蘇—砍柴與割草，指生計。

憑—請。

淮上與友人別

鄭谷

揚子江頭楊柳春，楊花愁殺渡江人。
數聲風笛離亭晚，君向瀟湘我向秦。

楊花——柳絮。
殺——同煞，極、甚。
秦——指長安。

雨晴

王駕

雨前初見花間蕊，雨後兼無葉裡花。
蛺蝶紛紛過牆去，卻疑春色在鄰家。

書齋漫興 ◎二首其一

翁承贊

池塘四五尺深水，籬落兩三般樣花。
過客不須頻問姓，讀書聲裡是吾家。

寫真寄夫

欲下丹青筆，先拈寶鏡寒。
已驚顏索寞，漸覺鬢凋殘。
淚眼描將易，愁腸寫出難。
恐君渾忘卻，時展畫圖看。

薛媛

丹青筆——畫筆。
索寞——失意沮喪。

撲滿子

祇愛滿我腹，爭如滿害身。
到頭須撲破，卻散與他人。

齊己

撲滿—儲錢的瓦器，儲滿時，撲碎取錢。

祇—僅、只。

爭如—怎奈。

早梅

萬木凍欲折，孤根暖獨迴。
前村深雪裡，昨夜一枝開。
風遞幽香出，禽窺素豔來。
明年如應律，先發映春臺。

齊己

素豔—潔白妍麗，指白梅。

應律—謂梅花應時開放，律：節令。

詩人略傳

七歲女子，姓名不詳，南海（今廣東廣州）人。武后如意元年（六九二）召見，令賦詩一首，即此五言絕句。

上官儀（約六〇八－六四四），字游韶，陝州陝縣（今河南陝縣）人，貞觀初，登進士第，召授弘文館直學士，累遷祕書郎，轉起居郎。高宗時為祕書少監，龍朔二年（六六二）位居宰相。曾為高宗草廢武后詔，為武則天所忌恨。麟德元年（六六四）武后指使許敬宗陷害他參與梁王李忠謀反事，下獄死。上官儀曾歸納六朝以來對偶之法，創「六對」、「八對」之說，對律詩的發展有所貢獻。《全唐詩》存詩一卷。

元載（？－七七七），字公輔，岐州岐山（今陝西岐山）人。玄宗開元二十九年（七四一）中四子科，天寶末累官大理司直。肅宗年間，累官戶部侍郎，充度支轉運等使。代宗寶應元年（七六二）拜相，掌國柄十餘年，恣為不法。大曆十二年（七七七）以罪誅。《全唐詩》存詩一首。

元稹（七七九－八三一），字微之，別字威明，八歲喪父，隨母鄭氏遠赴鳳翔依靠舅父。德宗貞元九年（七九三）以明經擢第。十九年，登書判、拔萃科。憲宗元和元年（八〇六），登才識兼茂明於體用科。任監察御史時，勇於彈劾，得罪宦官權貴，貶為江陵府士曹參軍，歷任偏遠地方官吏。後轉附宦官，在朝廷逐步陞遷，穆宗長慶二年（八二二）以工部侍郎同平章事居相位三月，為李逢吉所傾，出為同州刺使，歷浙東觀察使、武昌軍節度使，卒於鎮。其詩與白居易齊名，並稱「元白」。《全唐詩》編其詩為二十八卷。

王之渙（六八八－七四二），字季凌，并州人（今山西）。曾任冀州衡水主簿，因被人誣謗，乃拂袖去官，後復出任縣尉。他擅長描寫邊塞風光，早年精於文章，並善於寫詞，多引為歌詞，常與王昌齡、高適等詩人互相唱和。《全唐詩》存詩二十九首。

王昌齡（六九八－七五六），字少伯，太原人。進士及第後任祕書省校書郎，開元年間選博學宏辭科，改任汜水縣尉。後貶江寧丞，再貶龍標尉，仕途不順。晚年棄官還鄉，為刺史閭丘曉所殺。王昌齡乃盛唐著名詩人，時人稱王江寧；擅長七言絕句，描寫邊塞戰爭氣魄雄渾，寫閨中幽怨感傷抒情，有詩家天子、七絕聖手的美譽。

《全唐詩》存詩四卷。

王勃（六五〇－六七六），字子安，絳州龍門人（今山西）。出身望族，是隋末大儒王通之孫，自小就能寫詩作賦，以神童被舉薦於朝廷。後因一篇戲作得罪高宗，官職被廢。其父降官當交趾令，王勃前往探視時，渡海溺水而死。許多從事漁業、航海者悼念王勃，尊稱他為水仙王，供奉於船上、港口、河邊。王勃是初唐傑出的青年詩人，與楊炯、盧照鄰、駱賓王齊名，稱「初唐四傑」。他的詩多抒發個人情志，擅長寫離別懷鄉。著有《王子安集》。《全唐詩》存詩二卷。

王建（七六六？－八三二？），字仲初，穎川（今河南許昌）人。擅長樂府詩歌，與張籍齊名。《全唐詩》存詩六卷。

王涯（七六三？－八三五），字廣津。德宗貞元八年（七九二）進士及第。兩度入相，文宗大和九年（八三五）甘露事變被殺。《全唐詩》存詩一卷，內〈廣宣上人以詩賀放榜和謝〉一首，實乃王起詩。

王維（七〇一－七六一），字摩詰，太原祁人（今山西祁縣）。二十一歲中進士，官大樂丞，隨即因案受牽連，謫為參軍。天寶末年安祿山反，王維被俘，亂平後以附賊罪下獄，以「凝碧」詩表忠獲赦。後累遷尚書右丞，世稱王右丞。四十歲後隱居藍田輞川，妻亡無子，孑然一身。王維詩歌以描寫田園山水見長，此外還擅長音樂與繪畫，宋代詩人蘇軾讚「詩中有畫，畫中有詩」。著有《王右丞集》。《全唐詩》編其詩為四卷。

王播（七五九－八三〇），字明揚。太原（今屬山西）人。家於揚州（今屬江蘇）。德宗貞元十年（七九四）登進士第。憲宗元和六年（八一一）由京兆尹遷刑部侍郎，充鹽鐵轉運使。穆宗長慶元年（八二一）拜中書侍郎、平章事，領使如故。文宗太和元年（八二七）由淮南節度使入朝為左僕射同平章事，封太原郡開國公。王播與弟起、炎俱有文名。《全唐詩》存詩三首。

王駕，生卒年不詳。字大用，河中（今山西永濟）人。昭宗大順元年（八九〇）登進士第，官至禮部員外郎。與司空圖、鄭谷為詩友。《全唐詩》存詩六首。

王績（五八五，一說五九〇－六四四），字無功，號東皋子，絳州龍門（今山西河津）人。隋煬帝大業年間，中孝悌廉潔科，授祕書省正字，出為六合丞。因簡傲嗜酒，屢受劾劾。大業十年（六一四）託病棄官歸里。隋末大亂，王績逃亡河北。唐高祖武德五年（六二二），以六合丞待詔門下省。太宗貞觀四年（六三〇），其兄王凝得罪大臣，兄弟都受抑不用。王績又託病歸隱故鄉。貞觀十一年，任太樂丞，不足兩年，又辭官歸田。十八年，自撰墓志，憂憤而卒。他的詩作率真質樸，恬淡自然。《全唐詩》收錄一卷，後人陸續有所增補。

王韞秀，河西節度使王忠嗣之四女，元載之妻。《全唐詩》存詩三首。

包佶（七二七？－七九二？），字幼正，潤州延陵（今江蘇丹陽）人。玄宗天寶六載（七四七）登進士第。德宗貞元元年（七八五）官至刑部侍郎，改國子祭酒，二年知貢舉。轉祕書監，封丹陽郡公。《全唐詩》存詩一卷。

司空圖（八三七－九〇八），字表聖，自幼隨家遷居河中虞鄉（今山西永濟）。懿宗咸通十年（八六九）登進士第。《全唐詩》編其詩三卷。

司空曙（七二〇？－七九〇？），字文明，一作文初，廣平（今河北雞澤東南）人。是盧綸的表兄。早年赴京應試不第，一生沉於下僚。他工於作詩，為「大曆十才子」之一。其詩多送別贈答，羈旅漂泊之作，而表現閒適之詩，亦瀟灑雅淡。《全唐詩》編存詩二卷。

白居易（七七二－八四六），字樂天，號香山居士，下邽（今陝西渭南）人。貞元年間進士，曾任校書郎、左拾遺、贊善大夫等職，後因得罪權貴，貶江州司馬。後歷任杭州、蘇州刺史，並任太子少傅，分司東都，死後葬於洛陽香山。白居易詩文平易近人，是新樂府運動的倡導者。他晚年寄情詩酒，號醉吟先生。初與元稹相酬詠，號稱「元白」；又與劉禹錫唱和，人稱「劉白」。《全唐詩》存詩三十九卷，為唐人存詩最多者。

皮日休（八三四？－八八三？），字逸少，後改襲美，襄陽（今湖北襄陽）人，懿宗咸通八年（八六七）登進士第。與陸龜蒙齊名。《全唐詩》存詩九卷。

朱絳，生平不詳，約為宣宗大中十年（八五六）以前人。《全唐詩》存詩一首。

朱慶餘，名可久，以字行，越州（今浙江紹興）人。敬宗寶曆二年（八二六）登進士第。仕途頗不得意。與張籍、賈島、姚合等交遊。《全唐詩》存詩二卷。

宋之問（六五六－七一二），字延清，一名少連，汾州人（今山西汾陽）。宋之問弱冠知名，實則弄臣，傾附張易之、武三思，居位不廉；流配欽州途中賜死。宋之問與沈佺期齊名，詩有齊梁靡靡之風。後人輯有《宋之問集》。《全唐詩》編其詩為三卷。

岑參（七一五－七七〇），原籍南陽，遷居江陵。少年失怙，從兄讀書，三十歲才考上進士，當過參軍、安西節度使幕府書記等職，在邊塞駐守兩次共六年。晚年罷官入蜀，客死成都。邊塞霜雪、沙場征戰、壯士豪情，在他的筆下活靈活現，是盛唐最著名的邊塞詩人。《全唐詩》存詩四卷。

李白（七〇一－七六二），字太白，號青蓮居士，祖籍隴西成紀（今甘肅泰安縣），出生於中亞碎葉城（今吉爾吉斯共和國境內），少時隨父遷居四川綿州青蓮鄉。天寶元年，隨友人吳筠入長安，賀知章讀李白的詩〈蜀道難〉讚嘆其為天上謫仙，並推薦給唐玄宗，召為供奉翰林。後因侮弄宦官高力士，得罪寵妃楊玉環，於是辭官離京。安史之亂，李白因受牽連，被囚於潯陽，流放夜郎途中遇赦獲釋，最後病逝於當塗。李白一生曲折離奇，詩文高妙清逸，世稱詩仙。著有《李太白集》。《全唐詩》編其詩為二十五卷。

李治（？－七八四），字季蘭，中唐女道士。長期寓居江浙一帶。與當時詩人劉長卿、陸羽、皎然等有詩往還。《全唐詩》錄其詩十九首。

李涉，生卒年不詳。曾於江中遇盜，盜首知是李涉，云：「自聞詩名日久，但希一篇，金帛非貴也。」盜首厚饋而去。敬宗寶曆元年（八二五）坐事流康州。《全唐詩》存詩一卷。

李益（七四六－八二九），字君虞，涼州姑臧（今甘肅武威）人，大曆四年（七六九）登進士第，因仕途不順，北遊河朔。憲宗時召為祕書少監，後官至禮部尚書。李益長於詩歌，尤其擅長邊塞詩，音律和美，為樂工所傳唱，與李賀齊名。《全唐詩》存詩二卷。

李商隱（八一三－八五八），字義山，號玉谿生、樊南生，懷州河內人（今河南）。以文才見知於牛黨令狐楚，受推薦登進士第；後入李黨王茂元幕下，王以女嫁之。當時宗派傾軋爭鬥，李商隱左右不是，得不到諒解，仕途坎坷的苦悶，讓他寫下許多曲折晦澀的詩句。晚唐詩風崇尚唯美，他的抒情詩綺麗中帶有冷峭之美，與杜牧、溫庭筠並列代表。著有《樊南甲集》、《樊南乙集》、《李義山詩集》。《全唐詩》存詩三卷。

李紳（七七二－八四六），字公垂。潤州無錫（今江蘇無錫）人。武宗會昌二年（八四二）同平章事。為中唐新樂府運動倡導者。《全唐詩》存詩四卷。

李華（七一五－七六六），字遐叔，贊皇（今河北元氏）人。開元進士，官監察御史、右補闕。安祿山陷長安，以受偽職，貶杭州司戶。後復起，官至檢校吏部員外郎。其詩辭采流麗。《全唐詩》存詩一卷。

李賀（七九〇－八一六），字長吉，河南福昌（今河南宜陽）人，唐宗室鄭王李亮後裔。家居福昌之昌谷，後人因稱李昌谷。今存詩四卷，外集一卷，計二四二首。

李群玉（八〇八？－八六二？），字文山，澧州（今湖南澧縣）人。其詩五言警拔，七言流麗。《全唐詩》存其詩三卷。

李端（？－七八五？），趙州（今河北趙縣）人。代宗大曆五年（七七〇）登進士第，為「大曆十才子」之一。《全唐詩》存詩三卷。

李德裕（七八七－八五〇），字文饒，趙郡（今河北趙縣）人。牛李黨爭時李黨領袖。文宗大和七年（八三三）拜相，封贊皇縣伯。武宗會昌年間再度拜相，因功封衛國公。宣宗大中初遭牛黨打擊，迭貶至崖州司戶，大中三年十二月卒於任。《全唐詩》存詩一卷。

杜甫（七一二－七七〇），字子美，號少陵野老，一號杜陵野老、杜陵布衣，祖籍襄陽（今湖北），出生於鞏縣（今河南）。杜甫和杜牧是宗親，同是晉朝滅東吳大將杜預的後裔。曾任左拾遺、檢校工部員外郎，世稱杜拾遺、杜工部。天寶初年，杜甫入京考試未第，在流浪期間結識李白、高適等詩人。杜甫曾在長安客居十年，奔走獻賦，但始終未獲賞識。安史亂起，他原想投奔肅宗，卻惹帝怒遭貶，往後十二年間輾轉流離，攜家寓居成都時曾修築茅屋棲身。貧病交迫的杜甫最後死在湘江舟中。杜甫一生仕途不濟，命運多舛，作品多反映當時社會現象，有悲天憫人的胸懷；他的詩歌格律工整，風格沉鬱頓挫，有詩史、詩聖之稱。著有《杜工部集》。《全唐詩》編其詩為十九卷。

杜牧（八〇三－八五二），字牧之，號樊川，京兆萬年（今陝西西安）人。是西晉軍事家杜預的十六世孫，祖父是唐朝著名宰相杜佑。杜牧曾任中書舍人，人稱杜紫微。自少喜好論兵，做過多篇文章談論軍事。他擅長五言律詩和七律，氣骨遒勁，筆力俊爽，時人稱「小杜」，以別於杜甫；又與李商隱齊名，人稱「小李杜」。著有《樊川文集》。《全唐詩》存詩八卷。

孟郊（七五一－八一四），字東野，湖州武康（今浙江德清）人。孟浩然孫。德宗貞元十二年（七九六）登進士第。其詩可以德宗貞元八年（七九二）長安應試為界，分為前後兩期。前期由隱而仕，詩亦要求有為而作，詩歌基調積極明快，步武威唐。後期仕途磳蹬，遂由言志轉向抒情，形成險怪詩風。為韓孟詩派之開派者。《全唐詩》編其詩為五卷。

孟浩然（六八九－七四〇），襄州襄陽人（今湖北），世稱孟襄陽。他曾在太學賦詩，詩與王維齊名，並稱王孟，且與張九齡交好，但終身是個布衣。孟浩然的詩歌多為五言短篇，擅寫田園隱逸，繼陶淵明、謝靈運後，開啟盛唐田園山水詩派先聲。著有《孟浩然集》。《全唐詩》編其詩為二卷。

長孫佐輔，生卒年不詳，朔方（今陝西靖邊）人。舉進士不第，德宗貞元中，其弟長孫公輔為吉州刺史，遂往相依。後隱居以終。《全唐詩》存詩二十首，其中〈山居雨霽即事〉一作張碧詩。

宣宗宮人，姓名不詳。嘗題詩紅葉，置於御溝，為盧渥所得，後兩人結為夫婦。《全唐詩》收此詩。

柳宗元（七七三－八一九），字子厚，河東解縣人（今屬山西）。二十一歲登博學鴻辭科，夙有才名，後被貶為永州司馬，死於柳州刺史任內。他與韓愈倡導古文運動，並稱韓柳。柳宗元文章風格雄健似司馬遷，詩句淡雅而味深長。好友劉禹錫將他的遺稿編為四十五卷，題為《柳先生文集》。《全唐詩》存詩四卷。

柳渾（七一六－七八九），字惟深，汝州（今河南臨汝）人。玄宗天寶元年（七四二）進士及第，仕宦數十年，多所調動，至德宗貞元元年，拜兵部侍郎，三年，以本官同中書門下平章事。《全唐詩》存詩一首。

皇甫冉（七一七？－七七〇？），字茂政，潤州丹陽人（今江蘇丹陽）。十歲能文，天寶十五載（七五六）舉進士第一，安史之亂時，入陽羨山隱居。大曆初年，累遷右補闕，是「大曆十才子」之一。他的詩句精玄微妙。《全唐詩》存詩二卷。

胡曾，生卒年不詳，長沙（今湖南長沙）人。懿宗咸通中進士及第。《全唐詩》存詩一卷。

郎士元（？－七八〇？），字君冑，中山（今河北定縣）人。玄宗天寶十五載（七五六）登進士第。其詩風格閑雅。《全唐詩》存詩七十五首。

韋莊（八三六－九一〇），字端己。京兆杜陵（今陝西西安東北）人。昭宗乾寧元年（九〇六）勸王建稱帝，拜相。韋莊為晚唐的重要詞人與詩人。其詞今存五十餘首，與溫庭筠齊名，為花間派代表詞人。其詩今存三百餘首，主要寫詩人流離漂泊之經歷，與離別思鄉之情緒，對黃巢起事前後有較真實之描寫。近體造詣尤高，於晚唐詩人中僅次於杜牧、李商隱。《全唐詩》存詩六卷。

韋應物（七三七－七九二），京兆長安人。少年時以三衛郎事玄宗。他發奮讀書考中進士，因曾做過蘇州刺史，世稱韋蘇州。四十二歲辭官，決心修煉道家清淨無為的義理，晚年定居蘇州城外永定寺。韋應物的詩以寫田園風物著稱，閑淡古樸的詩風，非常接近陶淵明。《全唐詩》存詩十卷。

唐彥謙（？－八九三？），并州晉陽（今山西太原）人。《全唐詩》存詩二卷又十一首。

秦系（七二〇？－八〇〇？），字公緒，號東海釣客，越州會稽（今浙江紹興）人。玄宗天寶年間赴京應考未第，一生多隱居南方。與劉長卿酬唱甚密。《全唐詩》錄其存詩一卷。

翁承贊，生卒年不詳。字文堯，福唐（今福建福清）人。昭宗乾寧三年（八九六）登進士第。其詩高妙。《全唐詩》存詩一卷又一首。

高適（七〇二－七六五），字達夫，滄州渤海人（今河北）。早年狂放落拓，過著四處流浪的遊俠生活。他曾兩度出塞，去過遼陽、河西、潼關，對邊塞生活的體認甚深，他的詩慷慨豪放，雄渾悲壯，是盛唐邊塞詩派的領軍人物。著有《高常侍集》。《全唐詩》編其詩為四卷。

高駢（八二一－八八七），字千里，幽州（今北京西南）人。僖宗乾符四年（八七七）進封燕國公。六年，進位大都督府長史、兵馬都統，又擢檢校太尉，同平章事，負責全面鎮壓黃巢軍，而高擁軍自保，致使兩京失守，僖宗西狩。晚年屬意神仙，用方士與狂人，卒起禍亂。《全唐詩》存詩五十首。

崔郊，德宗貞元十五年（七九九）前後寓居襄州（今湖北襄陽）。《全唐詩》僅存詩一首。

崔顥（七〇四？－七五四），汴州（今河南開封）人，開元十一年（七二三）進士及第。性格放浪不羈，喜漫遊四方，生活經歷豐富，詩風亦有所變化，其〈長干行〉等小詩，淳樸生動。《全唐詩》存詩一卷。

常建（七〇八－七六五），故里不詳。常建雖然是開元進士，但一生仕宦不得意，只做過盱眙尉的小官，於是縱情山水，詩作也多以山水田園為主。《全唐詩》存詩一卷。

張九齡（六七八－七四〇），字子壽，韶州曲江（今屬廣東）人。官至中書令，他以正直敢言見稱，既是詞臣又是賢相，惜遭李林甫讒言，後世談到他的詩文，必與其品節並論。著有《曲江張先生文集》。《全唐詩》編其詩為三卷。

張仲素（七六九－八一九），字繪之，符離（今安徽宿縣符離集）人。德宗貞元十四年（七九八）登進士第。官至翰林承旨學士、遷中書舍人。曾受詔書為盧綸編遺集。《全唐詩》錄其詩一卷。

張旭（六七五？－七五〇？），字柏高，吳（今江蘇蘇州）人，為盛唐著名草家，性嗜酒，常醉後叫呼狂走，而後揮毫落紙，時稱「張顛」，又尊為「草聖」。其詩別有神韻，與賀知章、包融、張若虛號「吳中四士」。《全唐詩》存詩六首，《全唐詩續拾》補詩四首。

張若虛（約六六〇－七二〇），揚州（今屬江蘇）人。官兗州兵曹。與賀知章、張旭、包融齊名，號「吳中四士」，《全唐詩》存詩兩首。

張籍（七六六？－八三〇？），字文昌，祖籍吳郡（今江蘇蘇州），後移居和州（今安徽和縣）。德宗貞元十五年（七九九）登進士第。歷任太常寺太祝、國子助教、國子博士、水部員外郎、主客郎中、國子司業等職，世稱「張水部」或「張司業」。家境貧困，眼疾嚴重，孟郊稱他為「窮瞎張太祝」。曾從學於韓愈，得其稱揚。當時朝野名士皆與之遊。其文學觀念與白居易近。《全唐詩》存詩六卷。

張繼，字懿孫，襄州（今湖北襄陽縣）人，天寶十二載進士，大曆中，以檢校祠部員外郎為洪州鹽鐵判官。張繼和劉長卿、皇甫冉、顧況等交遊往還，詩多登臨紀行之作，以〈楓橋夜泊〉最為人知。有《張祠部詩集》。《全唐詩》存詩一卷。

曹松（八四八－？），字夢徵，舒州（今安徽潛山）人。舉昭宗光化四年（九〇一）「五老榜」進士第。《全唐詩》存詩二卷。

皎然（七二〇？－七九四？），詩僧。俗姓謝，字清晝，湖州長城（今浙江長興）人，是南朝宋謝靈運的十世孫。曾與顏真卿等唱和往還，又與靈澈、陸羽同居於杼山妙喜寺。他的詩清麗閑淡，多為贈答送別、山水遊賞之作。有《杼山集》與詩論《詩式》。《全唐詩》存詩七卷。

章碣，錢塘（今浙江杭州）人。詩人章孝標之子。登僖宗乾符進士第。《全唐詩》存詩二十六首。

許渾（七九一－八五八），字仲晦，潤州丹陽（今江蘇鎮江）人。太和進士，歷任監察御史、二州刺史等職，晚年歸隱潤州，著有《丁卯集》。許渾詩作多五、七言律詩，聲調平仄自成一格，即所謂「丁卯體」。《全唐詩》編其詩為十一卷，多混入他人作品。

貫休（八三二－九一二），俗姓姜，字德隱，婺州蘭溪（今浙江蘭溪）人。七歲出家，二十歲受具足戒。昭宗乾寧元年（八九四）往錢塘謁錢鏐，受禮遇。天復三年（九〇三）入蜀，為王建所重，賜號禪月大師。休十五、六歲即有詩名，後廣交詩友，與當代名詩人陳陶、方幹、許棠、李頻、張為、曹松、吳融、羅鄴、韋莊、齊己等皆有唱酬。《全唐詩》編其詩為十二卷。

郭良，生卒年不詳。玄宗天寶初任金部員外郎。《全唐詩》存詩二首。

郭震（六五六－七一三），字元振，原籍太原陽曲（今山西陽曲東南），祖父徙居魏州貴鄉（今河北大名東南）。高宗咸亨四年（六七三）登進士第。後獻所作〈古劍篇〉，甚為武后嘉賞，授右武衛胄曹，右控鶴內供奉。歷官涼州都督、西安大都護、太僕卿等職，後為宰相。守邊時，軍威大振，邊患平息。後因誅太平公主有功，進封代國公。玄宗時，因軍容不整，流放新州，旋改饒州司馬，病死於途中。其詩慷慨雄邁，深受杜甫讚揚。《全唐詩》存詩一卷。

陳羽（七三三？－？），吳縣（今江蘇蘇州）人。德宗貞元八年（七九二）登進士第。《全唐詩》存詩一卷。

陳陶（八〇三－八七九），字嵩伯，號三教布衣，嶺南人。宣宗大中時遊學長安，後浪遊贛皖諸地，留下大量詩作，多為憂時憫亂、感嘆身世之作。《全唐詩》存詩二卷，但與南唐另一陳陶相混。

陸希聲（？－八九五），蘇州吳（今江蘇蘇州）人，昭宗乾寧二年（八九五）官至戶部侍郎、同中書門下平章事。《全唐詩》存詩二十二首。

陸龜蒙（？－八八一？），字魯望，吳郡（今江蘇蘇州）人，其詩近體受溫、李影響，古體多承韓愈，以鋪張奇崛為主。《全唐詩》存詩十四卷。

魚玄機（八四四？－八六八），字幼微，一字蕙蘭，長安（今陝西西安）人。十五歲補闕李億納為妾，以李黨不相容。於唐懿宗咸通中出家為女道士，然對李億仍一往情深，集中有寄李億（字子安）詩多首。《全唐詩》存詩四十八首。

寒山，詩僧。生卒年、籍貫都不詳。早年周遊四方，三十歲後，長期隱居台州始豐縣（今浙江天台）翠屏山。其地幽僻寒冷，因自號寒山子，與台州國清寺僧豐干、拾得時有來往。喜作詩，每題樹間石上。至於他的活動時代，有太宗貞觀間，玄宗到德宗間，中宗後等說法。他的詩多宣揚佛教輪迴思想，且常譏諷事態人情，表述他對人生哲理的思考，亦有抒寫山林景致，隱逸情趣之作。詩風淺顯明白，多用俚語村言，時含機趣。自稱曾作詩六百餘首，今存三百餘首。

裴度（七五六－八三九），字中立。河東聞喜（今山西聞喜）人。德宗貞元五年（七八九）進士擢第。憲宗元和年間任中書舍人、御史中丞，被李師道所遣刺客所傷，憲宗用之益堅，遂拜中書侍郎同中書門下平章事。十二年（八一七）督師討平淮西，封晉國公。後曾兩度入相，官至中書令。晚年留守東都，築綠野堂自適，與白居易、劉禹錫等酬唱甚密。《全唐詩》存詩一卷。

賀知章（六五九－七四四），字季真，號石窗，晚號四明狂客，越州永興（今浙江蕭山）人。武朝證聖初年擢進士第，累遷禮部侍郎、集賢院學士等；天寶三載棄官歸隱為道士。賀知章的詩清新脫俗，且擅長草書和隸書；他和張旭、張若虛、包融合稱「吳中四士」，和李白是好友，曾讚嘆李白是「謫仙人也」。賀知章的詩文以絕句見長，除祭神樂章、應制詩外，其寫景、抒懷之作亦風格獨特。《全唐詩》存詩一卷。

開元宮人，姓名不詳，玄宗開元間宮人曾作詩縫賜守邊軍衣中。

楊敬之，約為德宗貞元、武宗會昌間人，憲宗元和二年（八〇七）登進士第。《全唐詩》存詩二首。

溫庭筠（八一二－八七〇），字飛卿，原名岐，太原祁人（今山西）。溫庭筠是晚唐著名詩人，詞風濃綺豔麗。溫庭筠能文善樂，卻科場失意，屢試不第。由於相貌醜陋，有「溫鍾馗」之稱；又因文思敏捷，叉手一吟便成一韻，八叉八韻就能完成一篇律賦，時人亦稱「溫八叉」。溫庭筠詩風上承唐朝詩歌傳統，下啟五代文人填詞風氣之先，詞風華麗穠豔，和李商隱並稱「溫李」，後世詞人如馮延巳、周邦彥、吳文英等多受他影響。《全唐詩》存詩五卷。

虞世南（五五八－六三八），字伯施，越州餘姚（今浙江餘姚）人。早歲仕陳。入隋，任祕書郎、起居舍人等職。入唐，歷官秦府參軍、弘文館學士、太子中舍人、著作郎、祕書監等職。曾學書於僧智永，得其法，與歐陽詢齊名，並稱「歐虞」。《全唐詩》存詩一卷。

賈至（七一八－七七二），字幼鄰，洛陽人，賈曾之子。擢明經第，為單父尉，從玄宗至蜀，拜起居舍人、知制誥。父子兩人都曾為朝廷掌文書工作，玄宗受命冊文為賈曾所撰，傳位冊文則是賈至所書，《新唐書．賈至傳》載玄宗云：「昔先天誥命，乃父為之辭，今茲命冊，又爾為之，兩朝盛典，出卿家父子手，可謂繼美矣。」既是世家風範，又具典雅富贍文風。賈至因故遭貶，流寓於外，與當時著名詩人都有往來。大曆初，徙兵部，累封信都縣伯，進京兆尹，官終右散騎常侍，卒謚文。《全唐詩》存詩一卷。

賈島（七七九－八四三），字浪仙，范陽人（今北京大興）。他曾做過出家人，法號無本，之後還俗參加科舉，但仕途不順。文宗時任長江主簿，世稱「賈長江」。賈島是著名的苦吟派詩人，相傳他在驢背上苦思「鳥宿池邊樹，僧推月下門」兩句，反覆斟酌用推還是敲，致錯入了韓愈的儀仗。他擅長五言律詩，意境多孤苦荒涼；蘇軾文中曾以「郊寒島瘦」，評價他和詩人孟郊。《全唐詩》存賈島詩四卷。

雍陶，生卒年不詳。字國鈞，夔州雲安（今四川雲陽）人。文宗大和八年（八三四）登進士第。與姚合、賈島、姚鵠等詩人交厚。《全唐詩》存詩一卷。

趙嘏（八〇六－八五二？），字承祐。楚州山陽（今江蘇淮陰）人。武宗會昌四年（八四四）登進士第。《全唐詩》存詩二卷。

齊己（八六四－九三七？），詩僧，俗姓胡，名得生，湖南長沙（今湖南長沙）人。後梁龍德元年（九二一）於入蜀途中為南平王高從誨遮留於江陵，命為僧正。《全唐詩》存詩十卷。

劉叉，生卒年不詳，河朔（今河北一帶）人。與韓愈同時，詩風大膽、曠放，不為傳統格式所限，然有險怪晦澀之病。《全唐詩》存詩一卷。

劉方平，河南洛陽人，天寶曾應進士試，又欲從軍，均未如意，從此終生隱居未仕。他與皇甫冉、李頎是詩友，詩作多詠物寫景、閨情鄉思，尤擅長絕句。《全唐詩》存詩二十六首。

劉皂，德宗貞元年中詩人，事蹟不詳。《全唐詩》存詩五首。

劉長卿（七〇九？－七八九？），字文房，宣城（今屬安徽）人，一作河間（今屬河北）人，開元二十一年（七三三）進士。至德中為監察御史，官終隨州（今湖北隨縣）刺史，世稱「劉隨州」。劉長卿擅長五言近體詩，風格溫雅流暢，冠絕當世，有「五言長城」的稱號。《全唐詩》存詩五卷。

劉禹錫（七七二－八四二），字夢得，生於嘉興（今屬浙江），先祖是匈奴人。劉禹錫與柳宗元同榜登進士，又舉博學宏辭科，銳意仕途，頗受當朝器重。順宗即位，劉禹錫迭遭貶謫，十數年的民間生活，他吸取民歌養分，作竹枝詞、楊柳枝詞，詩樂融和，意味雋永，在當時有「詩豪」之稱。著有《劉夢得文集》三十卷。《全唐詩》編為十二卷。

劉商（？－八一四？），字子夏，登進士第，代宗大曆初任合肥令，卒於憲宗元和九年（八一四）前。《全唐詩》存詩二卷。

鄭谷（八五一？－九一〇？），字守愚，袁州宜春（今浙江宜春）人。齊己稱其為「一字師」。《全唐詩》存詩四卷。

盧綸（？－七九九？），字允言，郡望范陽（今河北涿州）人，籍貫蒲州（今山西永濟西）。玄宗天寶末，舉進士不第，一生科考失利。盧綸工詩，為「大曆十才子」之一。《全唐詩》編其詩為五卷。

錢起（七一〇？－七八二？），字仲文，吳興（今浙江湖州）人。玄宗天寶十載（七五一）登進士第，授祕書省校書郎。肅宗乾元元年（七五八）前後任藍田縣尉，與王維酬唱，得王維稱許。錢起詩才清逸，為「大曆十才子」之冠。《全唐詩》存詩四卷。

駱賓王（六四〇－六八四），婺州義烏人（今浙江）。七歲能詩，號稱神童，據說〈詠鵝詩〉就是此時所做。武后專政，徐敬業起兵，駱賓王起草著名的〈為徐敬業討武曌檄〉。徐氏事敗，駱賓王也不知所終。扶鸞的信眾以駱賓王之忠肝義膽與文采昂揚，尊之為神，號稱「南天駱恩師」，每年端午皆盛大奉祀。駱賓王才高位卑，悲憤之情時見詩文；對革新初唐的浮靡詩風，建立五言律詩的格律，有重要的貢獻。今有《駱臨海集》傳世。《全唐詩》編其詩三卷。

儲光義（七〇六？－七六三），潤州延陵（今江蘇丹陽）人，玄宗開元十四年（七二六）進士及第，仕宦不得意，隱居終南別業。後出任太祝，遷監察御史。安史之亂起，陷長安，光義被迫受偽職，後脫身歸朝，仍貶死嶺南。其山水田園詩，著稱於世，質樸之中有古雅之味。《全唐詩》編其詩為四卷。

戴叔倫（七三二－七八九），字幼公，官至容州（今廣西容縣）刺史、容管經略使、兼御史中丞。其詩作之題材、風格、手法都體現出唐詩由盛轉中之脈絡。《全唐詩》編其詩為二卷。

薛媛，濠梁（今安徽鳳陽）人，南楚材之妻。懿宗咸通三年前在世。《全唐詩》存詩一首。

韓翃，字君平，南陽（今河南南陽）人。天寶年間進士，官至中書舍人。他的詩多為贈別之作，在當時頗富盛名，與錢起、劉長卿等號稱「大曆十才子」。著有詩集五卷。《全唐詩》存詩三卷。

韓偓（八四四－九二三），字致堯，一作致光，小名冬郎，號玉山樵人，京兆萬年（今陝西西安）人。韓偓自幼聰穎，十歲能詩，李商隱是他的姨父。官至兵部侍郎、翰林學士，曾貶濮州司馬。因不肯依附叛亂篡位的朱全忠，避身福建終老。韓偓詩慷慨激昂，迥異於晚唐的靡靡之音；擅寫宮詞，辭藻豔麗，號為香奩體。有《韓內翰集》、《香奩集》。《全唐詩》存詩四卷。

韓琮，生卒年籍貫不詳，字成封。穆宗長慶四年（八二四）登進士第。懿宗咸通中仕至右散騎常侍。《全唐詩》存詩一卷。

韓愈（七六八—八一四），字退之，南陽（今河南南陽）人，先祖世居昌黎，故自稱昌黎韓愈，世稱韓昌黎。自小貧困，刻苦勵學，二十五歲進士及第，積極提倡古文運動，與柳宗元提出「文以載道」的口號，世以「韓柳」並稱；後人將他與宋代歐陽修等古文家合稱「唐宋八大家」。憲宗元和年間，因上表諫迎佛骨被貶；晚年任國子祭酒，卒於長安京兆尹任內，因謚文，世稱韓文公。韓愈詩文奇崛險怪，風格與孟郊相近，詩壇有「韓孟」之稱。著有《韓昌黎全集》。《全唐詩》存詩十卷。

魏扶（？—八五〇），字相之。文宗大和四年（八三〇）登進士第。武宗會昌二年（八四二）充翰林學士，三年，加知制誥，宣宗大宗元年（八四七），以禮部侍郎知貢舉，三年，任宰相。《全唐詩》存詩三首。

羅隱（八三三—九一〇），餘杭新城（今浙江富陽）人。依鎮海節度使錢鏐。其詩風近於元、白，雄麗坦直，通俗俊爽。《全唐詩》存詩十一卷又一首。

嚴武（七二六—七六五），字季鷹，華州華陰人，嚴挺之之子，以破吐蕃有功，進檢校吏部尚書，封鄭國公。嚴武雖是武人，但能詩，與杜甫交好，彼此詩歌唱和，

《全唐詩》存詩六首。

蘇頲（六七〇－七二七），字延碩，京兆武功（今屬江蘇）人。弱冠登進士第，授烏程尉，累遷右臺監察御史。中宗時，歷任給事中、修文館學士、中書舍人。睿宗時，升任工部侍郎，襲父爵許國公，世稱蘇許公。玄宗開元四年（七一六）起為宰相四年，後轉禮部尚書，出為益州大都督府長史。蘇頲以工文稱，與燕國公張說並稱「燕許大手筆」。亦工詩，典雅秀贍。《全唐詩》存詩二卷。

顧況（七二七？－八一六？），字逋翁，海鹽（今浙江海鹽）人。肅宗至德二載（七五七）進士及第。一生官位不高，曾任著作郎，因詩得罪權貴，貶司戶參軍。晚年隱居茅山，自號悲翁。顧況的詩歌清新自然，質樸平易，繼承杜甫的現實主義傳統，是新樂府詩歌運動的先驅。《全唐詩》存詩四卷。

權德輿（七五八－八一五），字載之，天水略陽人（今甘肅泰安東北）人。四歲能詩，年方十五便以文章著稱，德宗召為太常博士，累官至同中書省門下平章事，憲宗時與宰相李吉甫不合，出為東都留守、山南西道節度使。權德輿能詩賦、工古調，是中唐臺閣體重要作家，文章雅正弘博，著有《權文公文集》。《全唐詩》編其詩為十卷。

靈一（七二七－七六二），詩僧。俗姓吳，廣陵（今江蘇揚州）人。九歲出家，十三歲削髮，深究佛理。工詩，與皇甫冉、皇甫曾、張繼、陸羽、嚴維，常相酬唱。其詩以寫山林禪居生活及與詩友酬唱贈送之作為多，詩風自然淳和。《全唐詩》編其詩為一卷。

靈澈（七四六或七四九－八一六），詩僧，會稽（今浙江紹興）人。長於律學。初從嚴維學詩，後與詩僧皎然多所唱和。元和四年（八〇九）居廬山東林寺，與江西節度使韋丹相往還。當代詩人如劉長卿、權德輿、柳宗元、劉禹錫、呂溫等皆與其有過從。《全唐詩》編其詩為一卷。

詩情畫意長相思

陳靜雅

能為宗濤選編的《春江潮水連海平：別選唐詩三百首》寫跋，是我這輩子萬萬想不到的事，可是他對我真好，一定得寫。

記得新婚時晚餐後，我們常坐在客廳的沙發上，一盞燈，二杯茶，他講詩給我聽，他講得好認真，我聽得好仔細，他知道我喜愛詩詞中的美。而我打理家事，洗碗的時候他站在我身邊拿著詩歌唸給我聽；我擦地板時，他在我身後提了一桶水，也唸詩給我聽；我生病了，他也躺在身邊，唱歌給我聽！

等我肚裡有了娃，他開始唸書給胎兒聽，一手拿書，一手放在我的肚皮上；四個月的小娃一聽他唸書，就拳打腳踢的，他唸一句她回一拳，一家人樂不可支。小娃出生二個月，他就開始和娃兒說沒有字的話，父女倆聊得可開心呢！

接著弟弟妹妹也出生了，孩子唸小學時，每天晚上睡前做爸爸的就說書開講，西遊、三國、水滸章回小說，一個晚上要講好幾次的欲知後事如何？請待下回分解。小孩纏個沒完，說到梁山好漢吃大塊肉、喝大碗酒，老大老二就傳店小二，小妹就叫媽！於是我就端熱湯、上好吃的夜宵，感覺梁山好漢就像自家兄弟一般的熟悉。

唸書給妻子聽是他為學生備好課了，預講一遍。唸章回小說給孩子們奠下對中國文學的興趣。如此夫君、老師、父親何等親切可人啊！全家大小對他都敬愛有加，何況他十分風趣。

二十年後，孩子大了，我苦苦要求去旁聽他的課，於是前前後後我聽了三十年。直到去香港珠海學院客座教授我仍然和他一同進教室，他是教授，我做旁聽生，照樣記筆記。

二〇一六年從珠海回家，過耶誕節，歲末年初，人人出版社周社長來訪，與宗濤談論計畫著想為喜愛詩詞的男女老少再編一本《別選唐詩三百首》，小小的冊子人手一冊可以放口袋，走到哪兒，享受到哪裡，也藉以提升大家對詩歌美學的興味。

於是先由我將全唐詩裡已選入《唐詩三百首》的詩做上記號，先生再從其餘的詩中精選三百多首，我再抄錄一次，然後由他訂讀音、寫大意、作簡析、寫詩人略傳，一首一首的都要做如此多的工序，再由讀天文的兒子打字輸入電腦，傳給出版社排版。歡悅的氛圍，充滿了這個喜愛讀書的家。兒子說那一段日子是他長大以來最快樂的時光。哪知突然有一天宗濤就頭暈，小腦出血，就走了！

他離開後，一書桌的好詩，我久久不能去動它，天天晚上都把燈仍亮著，怕他回來黑黑的找不著書，看不見自己未完成的詩的簡析等等。

忍不住想起王勃的〈詠風〉：

肅肅涼風生，加我林壑清。
驅煙尋澗戶，卷霧出山楹。
去來固無跡，動息如有情。
日落山水靜，為君起松聲。

為了讓故去的人放心，我以虞世南的〈蟬〉自我期許：

垂緌飲清露，流響出疏桐。
居高聲自遠，非是藉秋風。

記得早年旁聽他講課的情境。他用著帶有磁性的嗓子，說著詩人的胸襟，對詩人的處境心有所感，學會了效法古人的思維而有了自己做人處事的尺度和分寸。

說到良辰美景，詩人柔美的情誼，對待親朋好友甚至情人，濃蜜細緻的心思絲絲入扣，也牽動了我那根細細敏感的心弦，忍不住的在筆記簿上畫了草圖，三十年後七十五歲的我，把它畫了出來，在桃「濤」園展出，我和花兒心魂相守。
盼著哪一天他突然開門，滿面春風說：「我回來了！」
感謝周社長給了我們如此機會，它有這麼一個故事，但願這本好詩人人喜愛。

【附錄】人人出版《唐詩三百首》目錄索引

蘅塘退士選編

（參照人人出版頁碼）

❖李　白——

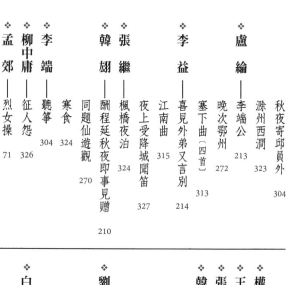

甲午歲春
羅宏濤習作

世世清白
癸巳 羅宗濤

國家圖書館出版品預行編目（CIP）資料

春江潮水連海平：別選唐詩三百首 / 羅宗濤選註.
-- 第一版. -- 新北市：人人，2021.02
面；公分. --（人人讀經典系列；26）
ISBN 978-986-461-232-1（精裝）

831.4　　109020814

【人人讀經典系列 26】

春江潮水連海平

別選唐詩三百首

選註 / 羅宗濤
審訂 / 陳逢源
執行編輯 / 劉佳奇、林庭安
資料整理 / 陳靜雅、羅英奕
發行人 / 周元白
出版者 / 人人出版股份有限公司
地址 / 231028 新北市新店區寶橋路 235 巷 6 弄 6 號 7 樓
電話 /（02）2918-3366（代表號）
傳真 /（02）2914-0000
網址 / www.jjp.com.tw
郵政劃撥帳號 / 16402311 人人出版股份有限公司
製版印刷 / 長城製版印刷股份有限公司
電話 /（02）2918-3366（代表號）
經銷商 / 聯合發行股份有限公司
電話 /（02）2917-8022
第一版第一刷 / 2021 年 2 月
定價 / 新台幣 250 元
港幣 83 元

※ 本書內頁紙張採敦榮紙業進口日本王子 58g/m 文庫紙